MAGALI SANTOS

Avertissement (Trigger warning) : violence, sang

Label romance de la société EXPLORA Éditions, sis au 149 avenue du Maine, 75014 Paris

ISBN : 9782492659881
Dépôt légal : août 2024
Maquette : Blanche Maze
Réalisation de la couverture : Amandine Peter
Images intérieures : freepik.com

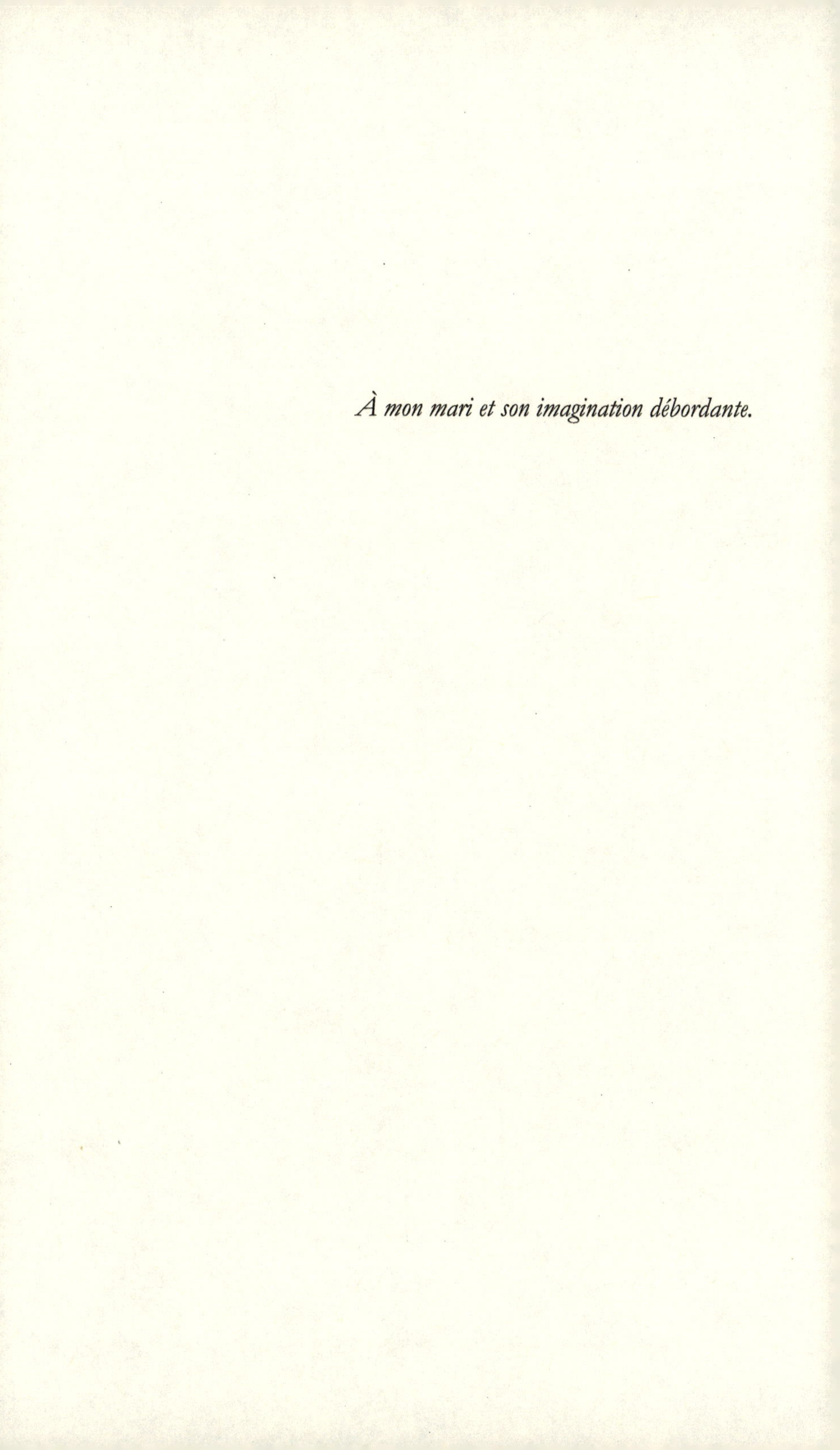

À mon mari et son imagination débordante.

PLAYLIST

… Ready for it? – Taylor Swift

Post Malone – Sam Feldt feat. RANI

I lived – OneRepublic

4U (Acoustic) – Ofenbach

Let Me Love You – Rita Ora

Give Me Your Worst – Matt Howard

In the stars – Benson Boone & Philippine Lavrey

Pretty Girl (Cheat Codes x Cade Remix) – Maggie Lindemann

CHAPITRE 1

La Brigade de recherche et d'intervention

Vêtue d'un de mes plus beaux tailleurs, mon badge autour du cou, un sourire timide sur le visage, je commence une nouvelle journée. Malgré mon intégration il y a cinq mois, les bureaux de la Brigade de recherche et d'intervention m'intimident toujours autant. Je longe les interminables couloirs, traverse diverses salles, salue les collègues que je croise et prends l'ascenseur. Le troisième étage des bureaux de la police judiciaire de Paris est réservé à notre unité d'enquête et je suis fière de m'asseoir à mon poste en constatant que des dossiers s'empilent un peu plus tous les jours devant mon ordinateur. Je vis mon rêve d'enfance, alors je ne me plaindrai jamais d'être envahie d'énigmes à résoudre. Lutter contre le crime organisé, intervenir auprès de malfaiteurs pour des actes de grand banditisme comme le vol à main armée, les séquestrations ou encore les prises d'otages, c'est la raison pour laquelle je me lève tous les matins.

Nous assistons également la police judiciaire lors de surveillances, d'interpellations ou d'interventions à risque. Pour un monde meilleur. Pour protéger Paris, protéger la France. Les voix enjouées de mes collègues sur le balcon, déjà en pause *clope-*

café malgré l'heure matinale, se mêlent au bruit de la circulation parisienne à l'heure de pointe et me ramènent sur terre.

— Salut Mégane !

— Bonjour, Julie, comment vas-tu ? Prête pour une nouvelle journée ?

Julie est agent dans notre LPS – laboratoire de police scientifique –, elle est spécialisée en toxicologie, stupéfiants et balistique. Nous avons déjà eu l'occasion de travailler sur quelques affaires ensemble et nous nous sommes liées d'amitié.

— Ça va, répond-elle en posant sa fesse droite sur mon bureau. J'ai enfin bouclé cette histoire de gamins du 13e arrondissement. L'agent Brent m'a donné du fil à retordre jusqu'à minuit hier soir, mais le dossier est classé.

— Tu es au top, Julie. On peut toujours compter sur toi.

Elle me gratifie d'un sourire éclatant et s'apprête à répliquer, mais nous sommes interrompues par le commandant Chaz :

— À toute mon équipe : comité d'urgence en salle 3 !

Nous nous exécutons aussitôt, je prends mon carnet de notes au passage. Notre brigade est composée de six agents, dont Julie. Nous prenons place face au tableau blanc de la salle de réunion tandis que notre chef s'empare d'un feutre noir.

— Je ne vais pas y aller par quatre chemins, commence-t-il sans même nous saluer. Après la perte de notre collègue et ami, l'agent Théodore Martin, la semaine dernière, je dois réorganiser notre unité.

Le fait que notre major ne nous dise pas bonjour nous annonce la couleur de cette journée : ambiance tendue et maussade. Depuis le décès d'un membre de notre équipe, nous essayons tant bien que mal de cacher notre douleur et, malheureusement, chacun fait son deuil en silence. Une cellule psychologique a été mise en place, mais aucun d'entre nous n'ose prendre le temps d'y aller. Nous préférons ne pas en parler, il est nettement plus simple de réfléchir à une stratégie pour venger son meurtre. Ce crime impardonnable et honteux vient nous affaiblir et ce n'est pas le moment. Loin de là. L'homme de 60 ans dessine un schéma hiérarchique, je constate que mon nom figure au côté de celui de son bras droit :

— Il est temps d'intégrer l'agent Santiago sur le terrain.

Il braque son attention sur moi et je me fige.

— Vous m'accompagnerez désormais avec l'agent Brent.

Je suis surprise, car nous pensions que notre supérieur recruterait un nouveau policier pour renforcer notre unité.

— Très bien, mon commandant.

Julie me donne un coup de coude et écarquille les yeux. Elle est tout aussi étonnée que moi. Mes autres collègues me font un clin d'œil ou esquissent un sourire, tandis que notre chef continue son schéma. Il liste sur la gauche du tableau plusieurs victimes d'une des plus grandes investigations de la BRI de Paris. Il y rajoute en dernier le nom de notre confrère décédé. Mon estomac se serre.

— Les autres, vous gardez vos missions de recherches stratégiques et analyses de preuves, mais uniquement sur l'affaire Vladislav. À partir de maintenant, on se focalise exclusivement sur ce cas. L'agent Martin était un de nos meilleurs enquêteurs et il a été éliminé à coup sûr pour cette raison. Le rapport officiel d'autopsie a été rendu hier par Simon, je vous confirme que tout correspond. Le mobile est là, les preuves aussi.

Une vague de colère s'empare de la salle de réunion, toutefois le commandant Chaz décide de nous ignorer :

— Nous devons surmonter cette épreuve, individuellement

et collectivement, mais nous ne pouvons pas baisser la garde. Nous devons être encore plus prudents. Ils savent où nous en sommes, ils ont compris qu'ils étaient encerclés et vont chercher par tous les moyens à nous détruire. Donnez-moi toutes vos enquêtes en cours pour que je les réaffecte à d'autres unités, afin de nous concentrer sur Vladislav.

Nous acquiesçons en silence.

— Au boulot, conclut notre chef d'un signe de la main.

Je déglutis difficilement puis quitte la salle de réunion avec mes collègues. Julie soupire et nous retournons chacun à nos postes respectifs. L'affaire Vladislav est « l'Affaire », avec un grand A. En effet, cela fait des années que la mafia russe s'est installée discrètement à Paris, à travers l'organisation criminelle Vandolskaïa, un groupe originaire de Moscou, le seul à avoir créé une cellule en France.

Dans les faits, la mafia russe, contrairement à la mafia italienne, se divise en plusieurs structures, qui implantent elles-mêmes des sous-groupes un peu partout dans le monde. Chaque organisation a un Parrain et chaque sous-groupe un adjoint, désigné à ce jour comme le Premier Fidèle. Pour les Vandolskaïa, le Parrain est Vladislav Piotr, mais personne à ce jour ne connaît l'identité du Premier Fidèle en France. Chaque cartel a des rites initiatiques et se distingue souvent par des tatouages signant l'appartenance à un groupe précis. Le symbole des Vandolskaïa est une hyène féroce, la gueule ouverte, les dents pointues. Les crimes et activités illégales qui lui sont reprochés sont divers, enlèvements et assassinats, trafic de drogue, d'armes, blanchiment d'argent et extorsions. Les confrontations internes à l'encontre des traîtres, les règlements de compte ou les meurtres de concurrents gênants sont pour la plupart d'une grande barbarie et rarement élucidés. Le commandant Chaz essaye de les expulser du territoire depuis leur arrivée, en vain. Mais depuis quelques mois, les méthodes de la mafia russe à Paris ont pris un brusque tournant : ses membres deviennent plus violents, des cadavres de mafieux sont retrouvés un peu partout dans la capitale et en région parisienne. Au fil du temps, et grâce à des faits solides, la brigade a établi qu'il existait un conflit entre deux clans rivaux : Vandolskaïa à Paris et Cheniskaïa à Madrid. Des liens forts avec cette organisation en Espagne ont pourtant permis à Vladislav d'obtenir des parts dans le jeu et les trafics d'armes et de drogue. Mais quelque chose a changé dans leur relation, car ils semblent s'entre-tuer à présent. La rumeur court que Igor Khov, le Parrain des Cheniskaïa – ou, comme on les surnomme, des Chens –, souhaite s'implanter à Paris, ce qui ne doit pas plaire à Vladislav. J'ai étudié minutieusement ce dossier afin d'être au point sur tous les faits répertoriés, et pendant que je range mes enquêtes en cours, l'agent Anthony Brent me rejoint :

— Bravo pour la promotion, Mégane.

Il me sourit et je ne peux pas m'empêcher de répondre :

— J'aurais préféré ne pas l'avoir, Théodore serait encore parmi nous.

Il acquiesce puis baisse la tête.

— Tu tiens le coup ?

— C'est dur, rétorque-t-il. Quand j'ai vu son corps, je me suis effondré. Il était mon coéquipier depuis quatre ans.

Je pose une main sur son épaule, il lève les yeux vers moi. Un triste sourire se dessine sur mes lèvres :

— C'était un excellent agent, Anthony. On le vengera.

— Merci. Je compte sur toi pour m'aider.

— Tu devrais parler au psy. Tu es celui qui en a le plus besoin.

Il approuve d'un signe de tête et hausse les épaules. Je saisis qu'il n'y est pas encore allé non plus et je ne veux même pas imaginer la douleur qu'il ressent. Je décide de changer de sujet :

— Tu peux m'en dire plus sur cette affaire ? Que savons-nous des Vandolskaïa ?

— On les surnomme « les hyènes », soupire-t-il. Théodore avait trouvé la localisation d'un des leurs, on pense que c'est pour cette raison que les choses ont dégénéré.

— OK. Dans les rapports, j'ai cru comprendre qu'ils n'agissent qu'en France et en Russie. Qu'en est-il de leurs contacts en dehors de notre territoire ? Quelle est leur réelle influence dans la mafia russe ?

— À ce jour, on a identifié des relations en Espagne, en Suisse, en Italie et aux États-Unis. Il semblerait qu'ils aient une très forte emprise en Russie, avec des billes dans la nouvelle banque de Moscou, autour de fonds humanitaires et sociaux, et peut-être dans la vie politique. Mais Vladislav chercherait aussi à éliminer des groupes rivaux sur notre territoire, il veut le monopole en France. L'organisation a diversifié ses activités, mais n'exerce plus à proprement parler dans la capitale russe.

— Que sait-on de son bras droit ? Le Premier Fidèle ?

— Rien. Chaque adjoint est étroitement encadré et surveillé afin d'être protégé, mais également pour éviter qu'il change de camp et devienne un ennemi du Parrain.

— Et pourquoi Vladislav craint-il autant les Cheniskaïa ?

— Les deux groupes sont réputés pour leurs actes de grand banditisme, mais le blanchiment d'argent est sans aucun doute une de leurs spécialités. Vandolskaïa brasse des milliards grâce à des compagnies offshore, mais aussi grâce aux banques que l'organisation possède en Russie. Le trafic d'armes est également une ressource financière non négligeable. La vente d'armes fait l'objet d'un vaste réseau international très lucratif. La France est une excellente plaque tournante au sein de l'Europe. Quatre-vingts pour cent des transports européens passent par notre territoire. Les Chens voudraient avoir leur propre cellule ici et ne plus devoir passer par les Vandolskaïa.

— Et à propos des séquestrations et meurtres ?

— Les directeurs de banque, hommes d'affaires, journalistes d'investigation et agents de police comme nous sont des cibles pour ces gens. Tout comme leurs « balances », qui trahissent leur confiance. Ça fait partie de leur routine et nous sommes en danger à partir du moment où nous fourrons notre nez dans leur business. La mafia russe veut dominer le monde et la rivalité au sein de leur organisation n'a jamais été aussi importante. Ces dernières années, le FBI, les services de sécurité et d'investigation se battent au quotidien pour démanteler ces organisations criminelles, mais les résultats ne sont pas brillants en raison de la complexité de ces réseaux internationaux. Certains mafieux russes commencent à imiter la mafia italienne dans leur mode de vie, faisant croire à un ramollissement de leurs activités, mais en réalité, ils n'ont jamais été aussi dangereux. La preuve, ils n'ont eu aucune pitié pour Théodore.

J'approuve tristement d'un signe de tête et nous sursautons lorsque notre chef sort en courant de son bureau :

— Brent ! Santiago ! hurle-t-il. Venez avec moi ! On a un autre cadavre !

Le troisième étage se fige, tous nos collègues braquent leurs yeux sur nous. Je lâche mes dossiers, attrape mon portefeuille, mon arme et mon téléphone. Je suis officiellement enquêtrice sur l'affaire Vladislav et je réalise à cet instant précis que les prochains mois dans la BRI vont être longs, intenses et dangereux.

CHAPITRE 2

L'affaire Vladislav

— Sois attentive aux détails, Mégane, m'ordonne Anthony. Ce n'est pas le premier sur cette affaire. Dis-moi ce que tu vois.

Nous sommes dans un square du 11e arrondissement ; le cadavre a été dissimulé derrière des buissons. Des habitants du quartier qui promenaient leur chien de bonne heure ont donné l'alerte à la police locale ce matin. Mon coéquipier s'accroupit de l'autre côté du corps tandis que je commence mon analyse.

— Victime de sexe masculin, visage défiguré, mais sa morphologie permet de le situer dans une tranche d'âge de 40 à 50 ans. Son crâne présente un hématome important, ses bras semblent cassés, tout comme sa jambe gauche. La victime a été torturée, sûrement avant d'être assassinée d'un coup sur la tête. Personne ne survit à une telle plaie… Cet homme n'a pas été tué ici, il n'y a aucune trace de lutte autour de lui et les buissons sont intacts. Ses vêtements laissent penser qu'il a été traîné jusqu'à cet endroit, loin des regards de tous, mais de façon assez visible pour les propriétaires de chiens. Le meurtrier voulait que l'on découvre le cadavre, seulement pas trop rapidement. Il va être difficile pour Julie de déterminer l'heure exacte de la mort, toutefois le corps a été abandonné ici cette nuit.

Je tire un gant jetable de ma poche et l'enfile sur ma main droite. Je lève la chemise de la dépouille puis pointe avec l'index le dessin d'une hyène sous son nombril.

— Nous sommes bien sur l'affaire Vladislav. Mais ce cadavre n'est pas celui d'un membre du groupe. C'est une personne externe à leur organisation, car la victime porte un tatouage éphémère de leur symbole. C'est la marque du meurtrier.

Il me jette un regard stupéfait.

— Tu n'as pas eu de mouvement de recul, tu as bien étudié les rapports et tu as pris ton temps. Bravo. Bienvenue dans l'équipe.

Anthony Brent est un agent d'une trentaine d'années, déjà endurci par l'expérience. J'ai toujours admiré les exploits qu'il réalise au côté du commandant Chaz, étant donné son jeune âge. Nous nous relevons en même temps, Julie arrive au même moment.

— Tu as du boulot, Miss.

Elle prend une profonde inspiration, enfile ses gants en latex, son masque puis sort des fioles avec des cotons-tiges intégrés pour recueillir des échantillons.

— Je suis prête ! À nous deux !

Nous sourions et la laissons en tête à tête avec le cadavre. Notre chef discute avec la police locale, il nous fait signe de le rejoindre. Nous restons sur les lieux toute la matinée, jusqu'à ce que Julie ait terminé d'analyser la scène de crime et que le corps soit enlevé.

ROMANCE, MAFIA ET GROS CALIBRE

De retour à la BRI, le major réunit son équipe dans son bureau, à 16 heures, dès l'obtention des premiers résultats de l'enquête. Lorsque j'y pénètre avec l'agent Brent, je ne peux m'empêcher de river mon regard sur les vieux clichés accrochés aux murs. Cette pièce est bien plus qu'un cabinet de travail : c'est comme un studio que le commandant Chaz a aménagé dans les locaux de la police judiciaire. Il y a même installé un vétuste Clic-Clac et un mini-réfrigérateur. Je le soupçonne de passer d'innombrables nuits blanches entre ces quatre murs. Dès que le dernier de mes collègues rentre et ferme la porte derrière lui, notre supérieur prend la parole.

— Héloïse, quels sont les éléments que vous avez réunis ? demande-t-il à notre responsable des recherches d'identification.

— La victime se nomme Ivan Patiov, annonce-t-elle. C'est un homme de nationalité russe, âgé de 43 ans. Il était recherché pour trafic de drogue et, d'après nos indics, il cumulait une dette très importante auprès des Hyènes. Mais j'ai fait une découverte très étonnante : une rumeur affirme qu'il appartenait aux Chens. Est-ce un traître ou un simple idiot qui souhaitait se faire des amis dans les deux camps ? Je ne saurais le dire. En tout cas, ça ne lui a pas réussi.

— Très bien. Il a fait le malin, il a fini comme les autres. Julie, où en êtes-vous avec le rapport d'autopsie ?

— Il est en cours, toutefois les premiers éléments s'apparentent à ceux des précédentes victimes. L'ADN du meurtrier est le même, mais absent de nos bases de données.

Notre chef soupire puis s'assoit sur son énorme fauteuil de ministre en croisant les bras :

— Donc, on n'a rien de nouveau. On tourne en rond. Anthony et Mégane, qu'en est-il des témoins de ce matin ?

Anthony me fait signe de prendre la parole.

— Ils n'ont vu personne sur place, le corps y était déjà. Leurs dépositions n'ont rien donné.

Le commandant Chaz pousse un énième soupir, agacé, puis lève le regard vers notre technicien informatique :

— Marc, tu as analysé les caméras du quartier ?

— Oui, mais les malfaiteurs savaient exactement où elles se situaient. Ils n'apparaissent sur aucune vidéo de surveillance parce qu'ils sont entrés et sortis du square par l'unique accès sans caméra.

Un silence règne dans la pièce, Anthony brise la glace :

— Donc, nous n'avons toujours pas de témoins et, de ce fait, pas de portrait-robot à ce jour du meurtrier. Nous n'avons pas l'identité du Premier Fidèle, et le Parrain, Vladislav, est encore moins accessible. Il se cache derrière ses pions, fait la loi dans nos rues, sans que nous ayons de preuves directes pour l'incriminer. Mon commandant, ne pensez-vous pas qu'il est temps de changer de stratégie ? Ne pouvons-nous pas nous intéresser à Yana ?

Je fronce les sourcils et constate que mes collègues sont également dans l'incompréhension. Qui est cette Yana ? Son prénom ne figure nulle part dans nos rapports. Notre chef hausse les épaules, réfléchit quelques minutes puis finit par approuver :

— Vous avez raison, agent Brent. L'heure est venue de changer notre fusil d'épaule. Yana est une information que nous avons gardée secrète jusqu'à présent pour vous protéger.

Nous saisissons aussitôt que ce qu'il s'apprête à nous révéler va changer le cours de notre enquête :

— Théodore avait découvert l'existence de cette femme, qui n'est autre que la fille de Vladislav. Et, jackpot, elle vit à Paris depuis quelque temps.

Nous écarquillons les yeux, stupéfaits ! Vladislav a une fille ? Et elle se balade dans la capitale sous notre nez ?

— Je ne voulais pas que nous nous lancions dans cette direction, car à partir du moment où nous toucherons à sa famille, le Parrain n'hésitera pas une seule seconde à nous descendre, un à un. Mais nous n'avons plus le choix ! La bonne nouvelle, c'est que papa a acheté la boîte de nuit L'Étoile Lounge Club dans le 8e en guise de cadeau d'anniversaire et que, maintenant, la prunelle de ses yeux est à la tête de cet établissement. Je pense qu'il est temps de leur rendre une petite visite.

— Pourquoi Vladislav exposerait-il sa fille de cette façon ? s'interroge Julie.

— C'est une question très pertinente et c'est pour cette raison que nous devons prendre toutes nos précautions, rétorque le commandant Chaz. Santiago, Brent, vous vous infiltrerez demain soir dans ce club prisé de la capitale. Je veux tout le monde demain matin à 8 heures pétantes en salle de réunion, pour que l'on mette en place ensemble un plan de surveillance. Je ne veux rien laisser au hasard, nous devons envisager tous les scénarios possibles.

J'échange un regard avec Anthony qui me fait un clin d'œil. Il est l'heure pour moi de faire mes preuves, je suis surexcitée. J'ai attendu ça toute ma vie !

MAGALI SANTOS

Les brigades de recherche et d'intervention disposent de moyens matériels et humains à volonté, en rapport avec nos missions : véhicules rapides, blindés, équipements de surveillance électronique, différents moyens d'enregistrement, tenues d'intervention et armements spécifiques. Cependant, contrairement au RAID – l'unité d'élite de la Police nationale française de recherche, assistance, intervention, dissuasion –, nous, policiers des BRI, travaillons principalement en civil et n'intervenons cagoulés ou en uniforme que très rarement, lors d'interpellations au domicile de malfaiteurs par exemple, afin de protéger nos identités. Toutefois, à la suite du braquage rocambolesque de la bijouterie Cartier sur les Champs-Élysées, en 2014 – fusillade, course-poursuite et prise d'otage –, un concept de Force d'intervention rapide, la FIR, a été mis en place. En journée, un groupe d'agents reste équipé en permanence et peut être envoyé immédiatement en mission à moto, en voiture ou en bateau avec la brigade fluviale. La nuit et le week-end, une équipe est choisie à tour de rôle ; chacun emporte chez soi son matériel lourd pour pouvoir partir déjà prêt, si nécessaire.

Il est donc très simple pour nous, le lendemain, d'établir une stratégie afin de nous infiltrer à L'Étoile Lounge Club. Nous avons étudié les plans des lieux, les issues de secours, les scénarios possibles – entre prise d'otages ou fusillade –, ainsi que le meilleur parcours qu'Anthony et moi devons suivre dans la boîte de nuit. Tout est rigoureux et réglé comme du papier à musique. Ce soir, nous devons repérer la fille de Vladislav, sans pour autant lui adresser la parole.

Il est à présent 23 h 57, une dizaine d'agents sont mobilisés pour cette mission : certains nous surveillent depuis un camion blindé, à trois cents mètres, d'autres se promènent en civil dans la rue, tandis qu'Anthony et moi patientons devant l'établissement. Quelques clients discutent bruyamment ; nous attendons que le vigile nous donne son feu vert pour entrer.

— Ça va ? me demande mon coéquipier.

— Oui, et toi ?

Il me fait un signe de tête affirmatif, nous n'échangeons plus un mot. La règle est simple, nous ne nous connaissons pas. Mon partenaire porte un pantalon beige et une chemise blanche, ce qui change de ses costumes bleu nuit. Il a rajouté une paire de lunettes à l'image de Clark Kent et mis du gel malgré ses cheveux noirs très courts. De mon côté, j'ai opté pour un jean troué, un débardeur et une veste noirs, dans le but de me transformer en Aria, une jeune étudiante en psychologie. Je me fonds ainsi parfaitement dans le décor du bar. J'ai laissé de côté mes lunettes carrées, les remplaçant tant bien que mal par des lentilles, et j'ai lissé mes cheveux bruns naturellement bouclés. Nous avons chacun un traceur GPS sur nous, ainsi qu'un bipeur d'alerte, en cas d'urgence ou de besoin d'intervention de nos renforts. Nous sommes prêts. Que la mission commence !

CHAPITRE 3

Yana Piotr

L'ambiance à l'intérieur de L'Étoile Lounge Club bat son plein, la musique pop résonne et la foule se déchaîne. J'avais oublié à quel point il est bon de sortir s'amuser de temps en temps. Tandis que j'aperçois mon coéquipier partir vers le bar central, je me dirige vers une des deux pistes de danse tout en ayant un œil sur Anthony. Nous ne devons pas disparaître du champ de vision de l'autre.

Je ne perds pas de temps, tous les sens en alerte, je me concentre pour amorcer la mission qui m'a amenée dans ce club ce soir. J'analyse chaque détail des lieux : quatre comptoirs différents, neuf serveurs, deux DJ, deux pistes de danse distinctes et un carré VIP où deux vigiles montent la garde. Personne ne peut entrer dans cet espace privé.

C'est une discothèque de taille moyenne, avec une capacité d'environ six cents personnes, à vue d'œil, qui s'intéresse à une clientèle hétéroclite – les classes moyennes et supérieures. La tranche d'âge est autour de la vingtaine. Yana Piotr souhaite se fondre dans la masse en ne visant pas une catégorie de la population. Désormais, son père utilise à coup sûr ces murs pour négocier ses affaires criminelles, voire exécuter ses victimes. Anthony a commandé un gin-tonic, d'après la forme de son verre, et je continue à danser comme une jeune femme insouciante. Le carré VIP est pourtant notre objectif. Cette zone est souvent réservée exclusivement aux propriétaires des lieux et à leurs proches. Yana doit sûrement y être confortablement installée, sirotant un de ses cocktails préférés. Grâce à quelques mouvements de danse, je me déplace jusqu'à avoir la meilleure vue possible sur cet espace privé.

Jackpot ! Je découvre aussitôt une femme d'une trentaine d'années, à la crinière blonde et parfaitement lisse, très élégante et mince, vêtue d'une robe marron moulante. Ses talons aiguilles affichent la fameuse semelle rouge Christian Louboutin. Elle reflète l'image parfaite de la poupée russe, sexy, manipulatrice et dominante. Elle est entourée de trois hommes et deux femmes du même âge, je devine qu'ils sont de la même nationalité. Ils fument tous des cigarettes fines, probablement de la marque Vogue pourtant interdite en France. Une serveuse vient leur apporter une bouteille de champagne, ce n'est pas la première et certainement pas la dernière de la soirée. Vladislav doit être fier de sa fille. Elle est sublime et une arme très puissante dans ses mains, car je ne doute pas une seule seconde que Yana est capable d'obtenir tout ce qu'elle désire grâce à un simple battement de cils.

Je me retourne, cherche discrètement Anthony du regard. Dès qu'il me voit, je lui fais comprendre que je me dirige vers le carré VIP. Il lève lentement son verre dans ma direction pour me donner son accord. Je recule en continuant de danser et, alors que j'observe du coin de l'œil cette femme mystérieuse et attirante en même temps, je bouscule un homme au passage ! *Merde, il ne me manquait plus que ça.* Je me retourne et m'excuse aussitôt :

— Je suis navrée !

Je suis face à un beau brun qui me dévisage et, contre toute attente, qui éclate de rire. Il se penche ensuite vers moi, je me retiens de faire un pas en arrière.

— Aucun souci, me dit-il au creux de l'oreille. Il fait tellement sombre ici que personne ne verra que tu as renversé mon verre sur moi. En revanche, je vais sentir fort la vodka !

Je lui réponds par un sourire timide et plonge dans son regard chocolat. Cet homme est charmant. *Ressaisis-toi, Mégane ! Je sais que tu ne sors pas beaucoup, mais n'oublie pas que tu es en mission !*

— Liam, se présente-t-il en me tendant la main.

Je la prends sans hésitation afin de rentrer encore plus dans mon rôle et la serre amicalement :

— Aria.

Il n'a pas l'air inquiet ou vexé face à ma maladresse, au contraire, il semble amusé. Je distingue deux fossettes sur ses joues, il est magnifique. Envoûtant. Il me plaît. *Mégane ! Attention !*

— Bon, vu que mon verre est vide, je vais devoir m'en chercher un autre. Je peux t'en payer un ?

À cet instant précis, une opportunité unique de me fondre encore plus dans la masse s'offre à moi. Le commandant Chaz ne nous a jamais dit qu'il était interdit d'engager la conversation avec les clients… Je jette un regard vers mon coéquipier qui me fait aussitôt un clin d'œil encourageant. J'ai son feu vert et j'en suis ravie. Il prend le relais, nous inversons nos positions : il se rapproche désormais du carré VIP.

— Alors ? s'impatiente Liam.

— Tu rigoles, c'est à moi de te payer un verre !

Il rit aux éclats. Le courant passe très bien entre nous, j'en ressens des papillons dans le ventre. *Mégane, la mission. Concentre-toi.* Mon jeune cavalier me tend son bras à présent et je pose la main dessus. Nous nous dirigeons vers le comptoir central. *Parfait.* Je peux surveiller Anthony d'ici.

— Qu'est-ce que tu veux boire ?

— Une vodka-orange, comme celle que tu avais, me convient parfaitement, s'il te plaît.

Liam s'adresse au serveur, pendant que je jette un énième coup d'œil vers mon collègue. Il est à présent en pleine discussion avec une jeune femme aux cheveux très courts, juste à côté des escaliers du carré VIP.

— Tiens.

Liam me tend mon verre, je bois une gorgée. Il en fait de même sans me quitter des yeux. Je me mords la lèvre et il rougit. Il prend ensuite ma main pour me guider jusqu'à la piste de danse. Nous nous balançons en rythme, échangeons des sourires et dégustons nos cocktails tranquillement. Le volume de la musique ne nous permet pas de discuter, mais ce n'est pas la peine. Nous nous perdons dans le regard de l'autre. Je reste également concentrée sur mon coéquipier, qui est à présent de nouveau seul. Liam se rapproche de temps en temps de moi, mon corps suit la cadence des chansons qui s'enchaînent. Il est très respectueux et ne me touche jamais. Quelque chose en lui ne me laisse pas indifférente. *Mégane, la mission. Hop, hop, hop ! Pas de distraction.*

Quelques minutes plus tard, quelque chose m'interpelle. Celle que je pense être la propriétaire du club appelle un des agents de sécurité du carré VIP, celui-ci s'empresse de sortir par une porte réservée au personnel. Anthony, de dos, ne s'en est pas rendu compte et je préfère ne pas prendre de risques. J'appuie délicatement à deux reprises sur mon boîtier caché dans ma veste : c'est notre code pour quitter les lieux. Nous avons déjà fait un premier repérage, ne traînons pas plus. Mon coéquipier sent aussitôt son bipeur vibrer dans sa poche et croise mon regard. Il traverse calmement le club pour sortir. Je pose les mains sur les épaules de Liam :

— Je dois y aller.

Il me scrute et fronce les sourcils en prenant mon verre vide.

— J'ai fait quelque chose de mal ?

— Non, ma sœur m'attend dehors, elle ne se sent pas bien.

— Je t'accompagne jusqu'à la sortie, alors, me propose-t-il gentiment.

— Je ne préfère pas, elle me posera des questions et je ne souhaite pas subir un interrogatoire à cette heure-ci !

Il ne semble pas convaincu, alors je ne vois qu'une issue possible pour lui prouver que ce n'est pas sa faute : je dépose un rapide baiser sur ses lèvres. Liam écarquille les yeux, surpris, et tandis que je fais un pas en arrière, il m'attrape par la taille, joint nos corps et m'embrasse fougueusement. Je place les mains derrière sa nuque pour me laisser fondre contre lui et apprécier notre échange. Ses lèvres sont douces, chaudes et le goût vodka-orange est encore plus agréable dans sa bouche…

Je mets fin à notre baiser à contrecœur, je serais bien restée toute la nuit avec lui… Puis Liam saisit mon portable dans la poche arrière de mon jean. Je m'apprête à lui reprendre brusquement lorsqu'il intercepte mon poignet et colle son front contre le mien. Je suis hypnotisée par son sourire séducteur et le laisse faire. Il est craquant. Je le vois composer son numéro de l'autre main, il ne tarde pas à me rendre mon smartphone. Je le récupère, enregistre son prénom puis le jeune homme rapproche de nouveau son corps du mien pour me parler à l'oreille :

— J'espère que tu m'appelleras un jour.

Il m'embrasse ensuite dans le cou et je réponds par un sourire timide, gênée. Je suis sous le charme, il l'a compris. Je m'éloigne lentement puis, d'un signe de tête, nous nous séparons. Je serre mon téléphone contre moi et, quand je rejoins Anthony dehors, nous nous dirigeons en silence vers notre véhicule. À l'intérieur, il éclate de rire puis démarre :

— Sympa le beau gosse.

— Tais-toi. Il ne m'a pas déconcentrée, c'est le principal.

— Et je t'en félicite, me dit-il. Pourquoi as-tu bipé ?

— Il y a eu un mouvement suspect, j'ai préféré ne pas prendre de risques. Un des gardes a quitté subitement le carré VIP.

— Merde, je n'ai rien vu.

— Je sais, ce n'est pas grave. Tu as eu des infos ?

— C'est bien sa fille, la jeune femme avec qui j'ai discuté est une habituée du club. Elle m'a confirmé que la blonde au brushing impeccable était Yana et l'homme qui était à sa droite, son fiancé, Sacha.

— Parfait. J'appelle le commandant.

Notre mission de repérage est terminée, c'est un succès. Nous pouvons mettre un visage sur le nom de la fille de Vladislav et j'ai le numéro d'un homme adorable, sexy, qui m'attire dangereusement. Cela ne m'était pas arrivé depuis très longtemps.

Il est 1 h 30 du matin lorsque nous rentrons à la BRI. Notre chef préfère nous convoquer tout de suite pour un débriefing, car l'opération est encore fraîche dans nos mémoires. Avec

Anthony, nous expliquons tout ce que nous avons vu et restituons les informations obtenues.

— Nous avons enfin un visage sur cette affaire ! s'exclame notre commandant. Ce n'est qu'un détail, mais c'est un détail qui vaut de l'or ! Demain, je nommerai deux équipes qui se relaieront pour surveiller Yana. C'est sa fille. Vladislav finira par commettre un faux pas.

— Oui, ce club a tout d'un lieu de rencontre dissimulé, confirme Anthony.

— Elle n'a pas l'air d'une sainte, en tout cas.

— Je veux bien vous croire, Mégane, les chiens ne font pas des chats. Elle a le sang de son père et je suis convaincu que nous allons avoir affaire à elle dans pas longtemps.

Nous acquiesçons puis notre chef nous ordonne de rentrer nous reposer un peu.

— Soyez là au plus tard à 8 heures ! Il n'y a pas une minute à perdre. On a du pain sur la planche !

CHAPITRE 4

Une seule nuit

Quelques heures plus tard, je suis de retour dans les locaux de la police judiciaire. J'ai attaché mes cheveux en queue-de-cheval et retrouvé un de mes tailleurs préférés. La journée est longue et fastidieuse, mais porte ses fruits. Nous identifions, avec l'aide d'Héloïse, les deux gardes du corps présents dans le carré VIP, la veille, ainsi que les amis de Yana. Nous découvrons aussi que celle-ci loge au Four Seasons Hôtel George V, avec son fiancé Sacha. Ils occupent le Penthouse de l'établissement, la suite la plus chère, dont une des terrasses a la tour Eiffel en toile de fond. *Les affaires de papa rapportent gros, pourquoi se priver ?* Nous réussissons également à mettre la main sur les vidéos des caméras du quartier où se situe l'Étoile Lounge Club. Marc commence ainsi à établir une liste de chaque entrée et sortie du « personnel » aux horaires de fermeture ces dernières semaines.

Notre commandant est aux anges, nous avons plus avancé en une vingtaine d'heures que les six précédents mois réunis. Les raisons du déménagement de la fille de Vladislav dans la capitale sont douteuses, mais restent une opportunité en or à saisir.

Je me rends compte à quel point travailler avec Anthony est enrichissant et agréable. Il est un coéquipier attentif, perfectionniste et très à l'écoute. Je réalise à cet instant que je vais énormément apprendre à ses côtés. Cependant, pour la première fois de ma vie, je me surprends à penser à quelqu'un d'autre qu'à une victime ou un suspect. En effet, je pense à *lui*. Liam. Ce charmant gentleman que j'ai bousculé hier soir. Cela fait une éternité que je n'ai pas été avec quelqu'un. Le revoir, ne serait-ce qu'une fois, ne me ferait sûrement pas de mal. *Une seule fois, Mégane. Pas plus.* J'ai beau être un agent de la brigade, je m'interdis de plonger dans mon travail et d'enfouir dans un placard mon statut de femme. J'ai 28 ans, j'ai le droit de m'évader de temps en temps ! C'est pour cette raison que je n'hésite pas à lui écrire un message, bien moins effrayant qu'un appel – s'il refuse, ce sera beaucoup plus simple à encaisser.

Mégane :
Bonjour, Vodka-orange, je suis la maladroite que tu as rencontrée hier soir au club.

Liam :
Bonjour ! Ha ha ha. Je ne m'attendais pas à avoir de tes nouvelles, encore moins aussi rapidement.

Mégane :
Tu m'as donné ton numéro dans ce but, non ?

Liam :
Oui, mais je pensais avoir mis les pieds dans le plat. Tu t'es enfuie !

Mégane :
Je ne me suis pas « enfuie », je te l'ai dit. Ma sœur ne se sentait pas bien.

Liam :
Navré de te dire que tu étais peu convaincante. Mais ce n'est pas grave, je continuerai à faire semblant que je te crois.

Il est perspicace. Je me mords la lèvre. Qu'est-ce que je peux bien lui répondre maintenant ? *Change de sujet. Vite !*

Mégane :
Bon, assez discuté. Je vais droit au but, je suis comme ça, désolée. On peut se voir ce soir ?

Liam :
Quand tu dis « se voir », c'est se voir pour boire un verre ou… ?

Mégane :
Tu as vraiment besoin que je te fasse un dessin ? On est tous les deux des adultes. Tu me plais et il me semble que c'est réciproque… non ? Dis-moi si je me trompe.

Liam :
80, avenue Kleber, 20 heures ?

Je souris en lisant sa réponse, il comprend vite. Je suis encore plus sous le charme.

Comme je l'avais deviné, le commandant Chaz nous libère tôt aujourd'hui. Nous avons bien avancé. Je ne perds pas de temps. J'arrive à 18 h 30 dans mon studio parisien, prends une douche rapide et me prépare à passer une très bonne soirée avec Liam. Je dois malheureusement me « transformer » en Aria. Il me connaît ainsi et je ne peux pas lui révéler ma véritable identité. Je lisse mes cheveux, mets mes lentilles. J'opte pour un long tee-shirt gris et un legging noir, ainsi qu'une paire de sneakers bleus. Je me rends à l'adresse envoyée et me retrouve devant un immeuble parisien à trois étages. Je sonne à l'interphone.

— Oui ?

Je reconnais aussitôt sa voix, un frisson me parcourt le dos.

— C'est Aria.

— Monte au deuxième, première porte à droite.

Il m'ouvre l'entrée principale et raccroche. Lorsque je pénètre dans l'édifice, je découvre un magnifique hall en marbre gris et blanc. Arrivée à l'étage, je constate que le bâtiment est incroyablement bien entretenu, propre et chic, malgré son âge. Liam déverrouille sa porte aussitôt, sans me laisser le temps de frapper. Il m'accueille vêtu d'un short bleu et d'un tee-shirt blanc, pieds nus, les cheveux en bataille. J'aime cette simplicité et le fait qu'il ne se soit pas mis sur son trente-et-un pour me recevoir.

— Bonsoir, me salue-t-il d'une voix rauque.

— Bonsoir, Vodka-orange.

Il s'esclaffe et s'écarte pour me laisser rentrer.

— Il va falloir qu'on discute de ce surnom, plaisante-t-il en refermant la porte.

— Pourquoi ? Il n'a rien d'offensant.

— C'est vrai, mais quelque chose de plus masculin me ferait plaisir.

C'est à mon tour de rire.

— Monsieur serait-il macho ?

Il fait non de la tête et je découvre deux fossettes sur ses joues. Il m'ordonne ensuite de le suivre, je me déchausse puis pose mon sac à main à même le sol. Liam nous prépare deux cocktails, je prends le temps de découvrir son salon. Un canapé d'angle gris, une table basse en verre, des photos sur une commode scandinave et un magnifique portrait d'un petit garçon au-dessus d'une cheminée électrique encastrée dans un mur de pierres.

— C'est mon fil, Matéo.

Je souris et demande son âge.

— Trois ans. Je me suis séparé de sa maman il y a six mois.

Liam fronce les sourcils en contemplant le cliché de son fils puis revient sur terre quelques secondes plus tard. Il est surpris de constater que je le dévisage. Cet homme est un séducteur né, mystérieux, charmant et il aime sa famille. J'arrête mon analyse d'enquêtrice et redeviens Aria. Je n'ai pas l'intention de connaître sa vie personnelle.

— J'ai quelques règles. Je ne suis pas du genre à m'engager et à rappeler le lendemain matin.

Liam éclate de rire, soulagé. À chaque fois qu'il s'esclaffe, ses joues remontent, plissant ses yeux. *C'est adorable.* Liam est la définition parfaite d'un peu de douceur dans ce monde de brutes.

— Je n'ai jamais rencontré une femme aussi franche. Tu vas vraiment droit au but, n'est-ce pas ?

— Oui, je n'aime pas y aller par quatre chemins.

— J'ai bien compris. Mais explique-moi une chose : comment se fait-il qu'une femme comme toi ne soit pas casée et refuse de s'engager ?

— Je n'ai rien à t'expliquer, Vodka-orange.

Nous rions de plus belle. J'évite par tous les moyens de répondre à ses interrogations.

— Très bien, pas de questions personnelles, conclut-il. Tu es un mystère et tu feras tout pour le rester.

— Interprète-le comme tu veux.

— J'interprète ce que tu me dis, Aria.

La façon dont il prononce le prénom « Aria » m'émoustille et je souris. *N'imagine même pas s'il avait murmuré ton vrai prénom,*

Mégane.

— Disons que je n'aime pas m'étaler sur ma vie.

— Pourquoi ?

Je laisse échapper un petit rire, il me dévisage, amusé.

— Tu crois vraiment que je vais te répondre ? Je ne tomberai pas dans ton piège.

— Qui ne tente rien n'a rien !

Je bois sans le quitter des yeux une gorgée du cocktail qu'il m'a gentiment préparé. Il se rapproche ensuite de moi, lentement, tel un bourreau des cœurs. Liam passe une main derrière ma nuque et dépose un léger baiser sur mes lèvres.

— Je dois t'avouer que j'ai moi-même, de mon côté, une règle qui devrait te convenir.

— Tiens, tiens. Tu te moques de moi, mais tu en as une aussi.

— Ouais, me nargue Liam d'un sourire craquant.

Son expression devient ensuite plus sérieuse, je hausse un sourcil.

— Mes coups d'un soir restent un coup d'un soir. Je ne recommence pas.

— Tu ne recommences pas ?

Il baisse la tête et souffle sa réponse :

— Une seule nuit. OK ?

— OK.

Je saisis à cet instant que Liam se protège lui aussi. Son ex-compagne, la mère de son fils, l'a certainement blessé. Le regard qu'il a porté sur le portrait du gamin en disait long… Il ne doit pas le voir souvent. Contre toute attente, mon cœur se crispe, mais je me ressaisis. Nous buvons en silence nos verres et, quelques minutes plus tard, je le laisse me guider jusqu'à sa chambre.

J'ouvre les paupières en plein milieu de la nuit et cherche mon smartphone sur la table de chevet. Il est 3 heures. Liam dort profondément à mes côtés. Je me lève lentement, pose les pieds délicatement par terre et prends le temps de m'habiller sans faire de bruit. Alors que je m'apprête à quitter la chambre, je me retourne vers lui. Liam est un homme qui sait s'y prendre avec les femmes. Il est doux, calme, attentionné. Cette nuit a vraiment été agréable et je ressens un pincement au cœur concernant nos règles. Une seule nuit, m'a-t-il fait comprendre. Il a sûrement raison. S'il n'avait pas été sincère dans ses attentes, je serais peut-être restée pour le petit-déjeuner avec lui. Je reprends mes esprits puis quitte sa chambre à pas de loup. Une fois dans le salon, j'attrape mes sneakers, mon sac à main, ouvre la porte comme si elle était en porcelaine et sors sur le palier. Je la referme tout aussi doucement et expire tout l'air bloqué involontairement dans mes poumons ces dernières secondes. Je me chausse, appelle l'ascenseur. Quand celui-ci arrive, je sursaute face au reflet que renvoie le miroir : je suis décoiffée, j'ai les lèvres gonflées et une énorme trace d'oreiller sur ma joue gauche ! Je me retiens de rire, arrange mon image comme je le peux puis rentre à la maison dormir quelques heures supplémentaires.

CHAPITRE 5

La clé

Le lendemain matin, l'affaire Théodore Martin fait encore la une des journaux. En effet, ce n'est pas tous les jours qu'un agent de la BRI est assassiné et calciné… La France n'ignore pas la présence de la mafia russe sur son territoire, mais ne semblait pas s'en inquiéter jusqu'à présent. Or, cette fois-ci, les malfaiteurs ne se sont pas attaqués à un de leurs criminels, mais au peuple français directement… C'est pour cette raison que le commandant Chaz ne laisse pas la pression des médias nous affecter et décide de faire un communiqué de presse en début d'après-midi, afin de répondre aux questions et nier les faux témoignages et les rumeurs qui circulent sur la toile.

Anthony m'invite à changer de bureau et à m'installer à côté de lui. Il souhaite que je prenne celui de Théodore qui est à présent vide… Je refuse dans un premier temps, mais me rends compte très rapidement à quel point cela nous fera gagner du temps. Mes collègues m'encouragent à le faire et mon coéquipier m'aide à déménager mes affaires. Lorsque notre chef revient d'une pause-café, il approuve d'un signe de tête pour approuver cette nouvelle organisation.

Nous nous replongeons dans notre enquête. Soudain, j'ai

une intuition que je n'arrive pas à expliquer avec des mots ni à comprendre moi-même. Toutes ces victimes doivent avoir un lien. Cela ne peut pas être uniquement des règlements de comptes, ou de simples assassinats pour éliminer des obstacles sur la route de Vladislav. Une idée me traverse l'esprit : j'ouvre un plan de Paris sur mon écran et marque d'un point rouge les lieux de découverte des corps. Il y en a eu sept avant Théodore et Ivan Patiov, et les cadavres ont toujours été abandonnés dans des espaces verts de la capitale – squares ou parcs. Nous n'avons jamais trouvé le lieu où les meurtres ont été commis. J'imprime la carte que je viens de modifier. Lorsque mes yeux se posent sur la feuille, quelque chose me frappe aussitôt. Tous les points forment un cercle presque parfait. Je sens les pièces du puzzle s'assembler peu à peu, même si celui-ci est très loin d'être terminé. Mais il faut bien commencer quelque part.

— Qu'est-ce que tu fais ? me demande Anthony.

Il s'installe à son bureau, dépose des archives dessus et déverrouille son ordinateur. Je lui fais signe d'attendre, cherche un compas et une règle dans mes nouveaux tiroirs, puis trace plusieurs lignes sur le papier A4. L'épicentre n'est autre que L'Étoile Lounge Club. Je vérifie l'adresse à plusieurs reprises en agrandissant la carte sur mon écran. Des frissons me parcourent la nuque et mes doigts tremblent. Ce sentiment de stupéfaction reflète mon assurance d'être sur le point de découvrir quelque chose. Tous ces meurtres autour du club ne peuvent pas être une coïncidence.

— Qui était l'ancien propriétaire de L'Étoile ?

— Attends, je regarde.

Anthony pianote sur son clavier. Des rapports officiels ainsi que des coupures de presse apparaissent depuis notre base de données et Google.

— Mark Andrzeg, un expatrié polonais. Il est né en 1958 et est arrivé en France en 1999. Il n'est pas fiché, n'a aucune dette à son nom et ses impôts sont à jour.

— Où est-ce qu'il habite ?

— Sa dernière résidence est à Saint-Denis, dans le 93.

— Sait-on pourquoi il a vendu le club ?

Anthony plisse les yeux, puis arque ses sourcils :

— Il est mort d'un accident de voiture.

Mon coéquipier retient ensuite sa respiration et s'éloigne de son ordinateur.

— Mégane, viens voir la date de décès.

Je me lève et me penche sur son écran. Je n'en reviens pas.

— Le 23 janvier dernier. Le même jour que Théodore.

Nous échangeons un regard significatif puis je lui tends ma feuille. Il cligne plusieurs fois des yeux.

— J'ai pointé les lieux où les neuf victimes ont été laissées.

— Tout est lié… marmonne Anthony en reprenant ses recherches informatiques. Tout est lié. Ça ne peut pas être une coïncidence. Je ne sais pas pourquoi, mais je suis convaincu que tous ces meurtres ont été orchestrés pour que Yana soit à la tête de L'Étoile.

Une heure plus tard, nous nous rendons dans le bureau de notre chef. Je lui tends mon plan de Paris et mon coéquipier les rapports suspicieux qu'il a dénichés.

— Tous les cadavres ont été déposés dans un rayon d'environ cinq kilomètres du club.

— L'Étoile Lounge Club est la clé, mon commandant, explique Anthony.

— L'ancien propriétaire, Mark Andrzeg, est décédé dans un

accident de voiture sur le périphérique. Le même jour que Théodore. Cela ne peut pas être un hasard.

— Le rapport d'expertise automobile a été fait le lendemain de l'accident, soit dans un délai trop court. Mais, le plus étrange, c'est le fait que le garage ait demandé une expertise à distance. Celle-ci permet à l'expert de déterminer les dommages sans voir, physiquement, le véhicule. Le but étant de réduire l'immobilisation de ce véhicule s'il est encore roulant et éviter qu'il reste en dépôt chez le réparateur en attendant le passage d'un expert sur place. Or, la voiture n'était pas en état de reprendre la route ! Ils ont traité ce dossier trop rapidement.

Anthony montre sur sa tablette les photos prises sur le lieu de l'accident : la BMW Série 8 Gran Coupé toute récente est bien amochée.

— Une expertise à distance est interdite lors d'une immersion ou d'un incendie, mais également lorsque sont touchés des éléments essentiels de sécurité ou de structure, quand les airbags sont déclenchés ou le système de carburant endommagé par exemple.

— On n'est pas des experts automobiles, mon commandant, mais on peut facilement deviner rien qu'en jetant un œil aux clichés que la direction, les freins, les roues ou encore le tablier du véhicule sont abîmés et nécessitent d'importantes réparations.

Nous devons à tout prix convaincre notre major qu'il faut creuser cette histoire. Le commandant Chaz se gratte la tête, puis sa moustache poivre et sel.

— On n'a pas d'autres pistes de toute façon, soupire l'homme. Enquêtez sur cet accident et consultez tous les rapports qui ont été rendus. Analysez chaque détail, chaque potentielle erreur ou incohérence. Saisissez l'Alliance nationale de l'expertise automobile et le Groupe national des carrossiers réparateurs pour qu'ils statuent sur ce dossier. Il nous faut également le rapport d'autopsie du conducteur.

J'échange un regard satisfait avec mon coéquipier.

— Appelez aussi Madrid, ajoute notre supérieur. Récoltez le maximum d'informations sur les Cheniskaïa.

Nous le remercions et nous exécutons aussitôt. Le temps vaut de l'or, principalement dans ce genre d'affaires, et nous devons éviter d'autres meurtres dans la capitale.

Les jours suivants, nous poursuivons notre enquête sans relâche. L'expertise automobile s'est bien évidemment révélée précipitée ; les entités contactées se chargent de retrouver la trace de la BMW. En attendant, nous réquisitionnons le Dr Vincent Bedel, notre médecin légiste au sein de la police judiciaire.

— L'autopsie médico-légale de mon collègue a indiqué que Mark Andrzeg est décédé d'un arrêt cardiaque à la suite d'une intoxication aiguë. Cela expliquerait la perte de contrôle du véhicule sur le périphérique.

— Comment a-t-il été intoxiqué ? demande Anthony.

— Les substances incriminées dans ce genre de cas incluent des médicaments, des plantes, des produits chimiques ou industriels. Mark Andrzeg suivait un traitement de corticoïdes pour une inflammation du dos. J'ai retrouvé son ordonnance datant du 21 janvier.

Il nous tend le papier que je récupère. Je le lis attentivement, avant de le remettre à mon coéquipier. Je fronce les sourcils.

— Ce serait donc un effet secondaire ? C'est pourtant un traitement courant.

— Non, d'après le rapport, il y a eu surdose de cortisone. Même si c'est prescrit fréquemment, n'oubliez pas que tout est poison. C'est la quantité elle-même qui fait que quelque chose n'est pas toxique. Les médicaments, seuls ou en association, représentent la cause la plus habituelle d'intoxication, volontaire ou non. Il s'agit essentiellement de somnifères, d'antidépresseurs, d'antipsychotiques, d'analgésiques et, comme dans le cas présent, d'anti-inflammatoires. Les toxiques peuvent corrompre les fonctions respiratoires, cardiovasculaires et cérébrales, et donc constituer une menace de mort immédiate. D'après les analyses sanguines, le médecin légiste a détecté une insuffisance respiratoire, puis diagnostiqué une altération cardiocirculatoire avec une chute de la pression artérielle et un état de choc. L'arrêt cardiaque était inévitable.

Cette information ne change pas grand-chose à notre enquête, puisqu'il est impossible de prouver que l'intoxication était volontaire. Je me tourne vers Anthony :

— Il était marié, d'après nos recherches. Allons interroger sa femme.

— Ouais…

Il se lève et nous serrons la main du docteur en guise de remerciement.

La visite à Mme Andrzeg, dans le département de la Seine-Saint-Denis, ne nous révèle rien de plus. La veuve parle à peine français et vit grâce aux revenus des différentes boîtes de nuit de son mari. Elle est en plein déménagement pour retourner en Pologne. Elle confirme le traitement de cortisone, mais ne donne pas son avis sur la surdose. Notre discussion est brève et se fait sur le pas de sa porte. Quelque chose ne tourne pas rond, toutefois nous ne pouvons malheureusement pas insister.

Anthony propose ensuite de passer au garage où a été emportée la BMW, non loin de la Porte de Vincennes, où a eu lieu l'accident. Lorsque nous nous garons, nous sommes accueillis par deux hommes moustachus en combinaison bleu bugatti.

— Bonjour, nous salue le plus âgé.

Il se frotte les mains sur un torchon gris, dont je devine une couleur d'origine bien plus claire.

Nous montrons nos insignes, ils se figent sur place. Je prends la parole, car je sais que la gent masculine craint moins les agents féminins :

— Bonjour, nous sommes de la police judiciaire. Pouvons-nous parler au responsable ?

— Je suis le propriétaire du garage. En quoi puis-je vous être utile ?

— Nous souhaitons avoir quelques informations concernant un véhicule accidenté en janvier dernier.

Anthony sort notre tablette puis fait défiler les photos de la BMW. Le plus jeune se gratte la tête et dévie le regard. *Bingo.* Il y a anguille sous roche.

— Vous savez, commence-t-il à répondre avant même que l'on explique la situation, nous recevons tous les jours des voitures cabossées. Je ne sais pas si je pourrai vous aider.

Le propriétaire paraît soudain très tendu et je prie pour qu'il ne nous demande pas de mandat. Anthony perd patience :

— Un accident, une seule voiture. Porte de Vincennes. Une victime de sexe masculin d'une soixantaine d'années, d'origine polonaise. Vous ne devez pas voir de BMW de cette série tous les jours.

L'homme déglutit difficilement :

— Il me semble que celle-là est partie à la casse. Je reviens.

Le mécanicien se retire et nous laisse en tête à tête avec son collègue. Celui-ci évite notre regard, faisant mine de se nettoyer les ongles. Lorsque le patron réapparaît, il nous tend une attestation officielle de destruction du véhicule. Tout correspond : la date de l'accident, le nom du conducteur, le modèle et la plaque d'immatriculation. Anthony soupire, je force un sourire.

— Aucun souci. Si cela ne vous dérange pas, je vous laisse ma carte. N'hésitez pas à me contacter si vous vous souvenez de quelque chose.

Je lui donne mes coordonnées professionnelles avant de leur serrer la main, tandis que mon coéquipier tourne les talons. Lorsque je le rejoins dans notre véhicule, il est agacé.

— Pas de voiture, pas de nouvelle expertise, donc pas de preuve que ce n'était pas qu'un simple accident.

J'essaye de le rassurer, je suis certaine que nous ne perdons pas notre temps.

— Anthony, prends ton mal en patience. Je sais que tu es sur l'affaire depuis de nombreuses années, mais on est sur la bonne voie. Tôt ou tard, quelqu'un fera un faux pas significatif.

Les jours suivants sont moins productifs, mais grâce à notre interprète, Anabela, nous échangeons tout de même avec un détective d'une *Unidad de Droga y Crimen Organizado* – une des unités spécialisées de la police nationale espagnole, sous les ordres du commissaire général de la police judiciaire et responsable de la lutte anti-drogue et anti-crime organisé. Notre collègue espagnol n'est pas très coopératif, il ne nous donne pas de nouvelles informations concernant la mafia russe présente dans son pays. Cependant, nous apprenons un détail troublant : Mark Andrzeg est un ancien membre des Cheniskaïa des années 1990. Il aurait fui l'Espagne pour recommencer sa vie et s'installer en France. Pourquoi notre pays ? Pourquoi les Vandolskaïa l'auraient-ils éliminé ? Aurait-il changé de camp ? Était-ce un traître ou son passé l'a-t-il rattrapé et mené à cette fin tragique ? Tant de questions encore en suspens, mais nous ne lâcherons rien. Nous démêlerons toute cette histoire et mettrons la main sur Vladislav. Et je suis certaine que nous y parviendrons en faisant des investigations sur sa fille.

CHAPITRE 6

Nouvelles règles

Je me dirige vers la salle de bains pour me délasser sous une longue douche bien chaude. Je prends mon temps, car je suis exténuée et mon corps est endolori. Cette semaine a été éprouvante, je suis rentrée très tard tous les soirs, mais nous avons fait un réel bond en avant dans l'affaire Vladislav. Les pièces du puzzle continuent à s'assembler. Lorsque j'ai terminé, j'enfile mon peignoir avant d'ouvrir un peu la porte pour que la vapeur s'échappe. Tandis que je commence à me sécher les cheveux, j'entends mon portable vibrer sur ma table basse. Je vais le chercher et suis très étonnée de découvrir un message de Liam.

> **Liam :**
> Je peux t'appeler ?

M'appeler ? Je ne pensais pas avoir de ses nouvelles. J'espère sincèrement qu'il va bien. Un texto si court et sans formule de politesse m'inquiète toujours.

Mégane :
Avec plaisir.

Le beau brun ne se fait pas attendre : mon téléphone sonne aussitôt.

— Vodka-orange ? C'est bien toi ?

Liam éclate de rire à l'autre bout du fil et je me décontracte. *Il va bien.*

— C'est bien moi !

— Comment se fait-il que j'aie de vos nouvelles, monsieur Coup-d'un-soir ?

Il rit encore plus fort, cela réchauffe mon cœur. Je me laisse tomber sur le canapé et attends sa réponse avec impatience.

— Je n'ai pas le droit de t'appeler ?

— Ma foi, aucune règle n'était assez précise sur ce point.

— Ah, tu vois ! rétorque-t-il, amusé. J'ai trouvé une faille à nos règles. On aurait dû être plus pointilleux. On est définitivement meilleurs au lit qu'à essayer de poser des limites.

C'est à mon tour de m'esclaffer comme une adolescente. Il reprend son sérieux :

— Je te dérange ?

— Non, je sors de la douche. J'ai à peine mon peignoir sur moi…

Je l'entends retenir son souffle et regrette mes paroles. Je suis peut-être allée trop loin.

— Tu ne m'aides pas, Aria.

— T'aider à quel sujet ?

Sa respiration est légèrement haletante à présent.

— Est-ce que tu veux venir ce soir ?

Je me redresse tout à coup. Je ne m'attendais pas à cela de sa part, je pensais sincèrement qu'il m'informerait que j'avais oublié quelque chose chez lui.

— Tu es sûr ?

— Certain, répond-il d'une voix rauque.

Je réfléchis quelques secondes, mais mon choix est vite fait :

— J'arrive.

Il n'a pas besoin de me le demander deux fois. J'agis très rarement sur un coup de tête, seulement je suis toujours mon instinct et quelque chose me dit que je dois y aller. Rien ne m'empêche de le faire, d'autant plus que je suis soudain avide. Ma fin de journée prend une tournure complètement différente de ce que j'avais imaginé, mais je ne me plaindrai pas d'échanger une soirée Netflix-*Cookies and Cream* d'Häagen-Dazs contre un bon moment avec lui. Il en vaut largement la peine.

Je sors de la salle de bains de Liam, vêtue de son tee-shirt. Il me fait signe de le rejoindre au lit. Nous venons de partager un deuxième moment intime inattendu. Dès que j'ai passé le pas de sa porte, il y a une heure de ça, nous n'avons pas résisté, nous nous sommes jetés dans les bras l'un de l'autre. Retrouver son odeur, ses mains sur mon corps et ses baisers fougueux m'a rendue folle. Je n'avais pas réalisé à quel point j'avais aimé notre première fois ni à quel point j'étais prête à recommencer. Je me faufile ainsi sous les draps puis pose la tête sur son torse. Liam a simplement enfilé son boxer et je peux caresser du bout des doigts ses abdos, tandis qu'il joue avec mes cheveux. Cela fait une éternité que je ne me suis pas montrée si tendre avec quelqu'un…

— J'étais étonnée que tu m'appelles, ce soir.

— Pourquoi ?

— Je pensais que les coups d'un soir n'étaient justement que pour un soir. Ton unique règle.

Liam se décale légèrement et me relève le menton. Il se passe la langue sur ses lèvres en caressant les miennes avec son pouce :

— Alors pourquoi tu es venue ? murmure-t-il.

Je plonge dans son regard chocolat et ne trouve pas la réponse à sa question. Je pose la main sur son ventre chaud, il entrouvre la bouche. Nous provoquons un effet incontrôlable sur l'autre. Je n'ai jamais ressenti ce type d'attirance réconfortante envers quelqu'un.

— Je ne sais pas. Je me suis dit que si tu pouvais déroger à ton unique règle, alors moi aussi, je pouvais le faire. On a passé un bon moment le premier soir, pourquoi ne pas recommencer si nous en avions tous les deux envie ?

Liam se penche, frotte son nez au mien et m'embrasse délicatement. Il joint nos fronts puis ferme les yeux :

— Tu ne peux pas savoir à quel point j'ai été déçu le lendemain matin, chuchote-t-il. Ton côté du lit était vide, froid… Ça faisait des heures que tu étais partie en douce, sans même laisser un mot.

— On avait été clairs la veille, Liam. Je pensais que c'était plus simple comme ça.

— Je ne t'en veux pas. En temps normal, tu m'aurais facilité la tâche.

— En temps normal ?

— Oui, j'ai déjà eu quelques coups d'un soir ; ce n'est jamais commode à gérer, le lendemain, avoue-t-il en s'écartant pour mieux me voir. Elles ne décollent pas de chez moi et espèrent toujours plus. Toi, tu as compris et tu as fait les choses comme convenu. C'est pour ça que j'ai mis plus d'une semaine à t'appeler. Je me disais que j'allais passer à autre chose, mais…

— Mais ?

Il prend une profonde inspiration et je lis dans son regard qu'il hésite à exprimer à haute voix ce qu'il ressent. Je caresse sa joue :

— Tu peux tout me dire, Liam.

Il sourit et finit par se lancer :

— J'ai pensé à toi tous les jours.

Je ne me retiens pas et le gratifie d'un sourire éclatant :

— Je suis également coupable. Disons que je ne t'ai pas oublié non plus.

Liam répond en m'embrassant ardemment cette fois-ci. Dès qu'il interrompt notre baiser, il ouvre son cœur :

— J'ai envie de te revoir.

Je m'écarte et écarquille les yeux. *Encore ? Après l'avoir fait à deux reprises ?*

— C'est-à-dire ?

— Ça veut dire que je te rappellerai. Et j'espère que tu reviendras, comme ce soir.

Des frissons me parcourent la nuque, le dos et descendent jusqu'à mes reins.

— Tu n'es plus un coup d'un soir, Aria.

Cette dernière phrase me glace, car la réalité me rattrape. J'avais complètement oublié qu'il ne me connaît pas sous mon vrai prénom… Mais je ne peux rien faire à cet instant. C'est trop tard. Il prendrait la fuite, il ne comprendrait pas et je ne pourrais pas me justifier. Je suis consciente que nous partageons de bons moments ensemble, mais Liam ne veut pas s'engager. Et moi non plus. Ces règles sont encore à l'ordre du jour, ce n'est donc pas la peine de passer aux aveux… Cependant, je dois redéfinir de nouvelles limites pour nous protéger, tous les deux, et faciliter nos rencontres. Je pose le menton sur son torse, il ne me quitte pas des yeux.

— J'accepte à certaines conditions.

Liam acquiesce et attend que je les énumère à haute voix.

— Premièrement, on n'en parle à personne. On garde ça pour nous.

— OK, ça me va.

— Deuxièmement, on ne peut pas se voir chez moi.

— Il y a de la place ici, on pourra tester toutes les pièces de mon appartement, plaisante-t-il.

Mes joues s'empourprent et j'essaye de ne pas le laisser me déconcentrer :

— Ensuite, on ne se pose pas de questions sur nos vies privées, on ne se programme pas de sorties, on ne passe pas la nuit ensemble. Et à partir du moment où l'un de nous rencontre quelqu'un d'autre, on arrête.

— Tu as un vrai problème concernant ta situation personnelle, Aria.

— C'est comme ça, Liam. S'il te plaît, je ne pourrai pas te retrouver si tu ne les acceptes pas.

Il soupire et se passe une main sur le visage. Puis il me dévisage de nouveau, un sourire malicieux au coin des lèvres :

— Dans ce cas, j'ai moi aussi une condition.

— Laquelle ?

— Quand on est ensemble, on fait l'amour autant de fois qu'on le désire. Pas qu'une fois.

Je fronce les sourcils et feins de ne pas comprendre.

— Comment ça, Vodka-orange ?

Il aime le surnom que je lui ai donné. Soudain, il me retourne et me chevauche.

— Par exemple, là, tu vois, je vais t'embrasser. Et on va recommencer.

Liam me prend les poignets, les relève au niveau de ma tête et je me laisse faire. Je suis envahie de nouvelles sensations que je ne refoulerai pas. Pour la première fois de ma vie, j'autorise un homme à s'occuper de moi et ne pense pas exclusivement à ma carrière. Une aventure sans engagement ne me fera pas de mal, bien au contraire.

CHAPITRE 7

Le Premier Fidèle

Le lendemain matin, le commandant Chaz fait le point avec toute l'équipe dans son bureau. Nous partageons les nouvelles informations que nous avons recueillies chacun de notre côté : Anthony et moi expliquons que le décès de l'ancien propriétaire de L'Étoile Lounge Club semble très suspect au regard des éléments de l'enquête, tandis que Marc et Héloïse détaillent les personnes qui se rendent aux horaires de fermeture du club. Ils sont, pour la plupart, de nationalité russe et les va-et-vient sont quotidiens. Tout pointe vers un lieu de rencontre clandestin. Notre supérieur écoute attentivement tous ces renseignements, nos échanges. Il prend la parole dès que nous avons terminé :

— Ramenez-moi Soan. Je veux lui parler.

Soan est notre indicateur, un gamin de 17 ans vivant en banlieue, qui traîne toute la journée dans les rues de Paris, principalement à Barbès. Il est déjà bien connu des services de police et fréquente malheureusement le milieu du trafic de drogues et d'armes, les principales activités de la mafia russe. Nous avons passé un marché avec lui : aucune condamnation tant qu'il nous fournira des informations. Les indics sont toujours motivés, car ils reçoivent en échange soit une certaine impunité, soit un gain financier, soit un assouplissement de leur régime carcéral ou une faveur en particulier. Ils ne révèlent cependant jamais à qui que ce soit leur statut de *balance*, au risque de mettre leur vie en danger au sein de leur communauté. Le ramener dans nos locaux représente ainsi une responsabilité que nous ne prenons jamais. Mais personne ne désobéit à un supérieur hiérarchique comme le nôtre. Si le commandant Chaz veut Soan dans son bureau, il aura Soan dans son bureau, et le plus vite possible. Gaspard et Valentin, deux agents de notre brigade, s'offrent aussitôt pour aller le chercher. Nous sortons à notre tour de l'antre de notre chef. Anthony propose à Julie, Héloïse, Marc et moi-même une pause-café. Nous acceptons d'emblée puis prenons le temps de nous poser en attendant nos collègues. Je n'ai pas pour habitude de m'accorder ce type de *récréation* quand je suis au travail, mais cela me fait un bien fou. J'en profite pour jeter un œil à mon portable perso et ouvre un message reçu il y a plus d'une heure.

Liam :
T'es dispo vendredi soir ?

Je souris en lisant sa question. Nous nous sommes vus la veille, mais il pense déjà à notre prochaine rencontre. Je n'ose pas le taquiner, alors j'envoie un simple « oui », sans réfléchir. Liam répond aussitôt.

Liam :
Moi aussi. On se voit chez moi, comme d'habitude ?

Mégane :
Parfait. À vendredi, Vodka-orange.

Je l'imagine éclatant de rire et cela me réchauffe de nouveau le cœur. Julie me ramène sur terre en me donnant un coup de coude.

— Qu'est-ce que tu as ? murmure-t-elle. Tu es dans la lune.

Je range mon portable et souris.

— Rien.

— Mégane, je suis navrée de t'annoncer que tu mens bien en tant qu'agent de police, mais pas en tant que femme. Tu as rencontré quelqu'un ?

J'acquiesce, mais lui fais signe de ne pas en faire tout un plat.

— Je ne sais pas trop ce que ça va donner, je pense que c'est plutôt pour nous amuser.

— Tu es grande, tu n'as pas à rendre de comptes à qui que ce soit. Amuse-toi, notre métier est déjà assez sombre.

Nous discutons encore quelques minutes, puis Gaspard vient nous chercher.

— Soan est dans les locaux.

Nous nous précipitons vers la zone d'interrogatoire et croisons notre chef qui fait les cent pas. Le visage habituellement détendu de notre supérieur est à présent grave. Il enfile son masque d'impénétrabilité, je retiens mon souffle. Il se prépare à interroger Soan… Tout le monde sait dans la brigade que le commandant Chaz maîtrise l'art de la négociation comme personne dans la police judiciaire. Il obtient des résultats incroyables, voire des aveux, sans paraître tyrannique ou user de violence. Je l'admire énormément et je suis consciente de ma chance d'appartenir à son équipe. Il ménage les suspects et les témoins avec une aptitude unique, maintient à tout prix l'équilibre cordial nécessaire pour boucler ses affaires. Ses stratégies lui permettent d'arriver à ses fins en douceur. Cependant, je comprends que ce ne sera pas le cas aujourd'hui pour questionner notre indic. Il demande à être seul, entre dans la salle d'interrogatoire puis referme aussitôt. Au bout d'une dizaine de minutes, nous l'entendons hurler et balancer sûrement une chaise ainsi que la table. L'imaginer hors de lui m'effraie. Il est à deux doigts de commettre une erreur… Cette affaire Vladislav le rend malade depuis sept ans. Il ne partira pas à la retraite tant qu'il n'aura pas coincé ce gars et démantelé son réseau de mafieux. Soudain, la porte s'ouvre :

— Brent, Santiago !

Notre chef nous fait signe de le rejoindre. Nous nous précipitons et notre supérieur claque la porte violemment derrière nous. Anthony ramasse la chaise et le bureau qui ont bel et bien traversé la pièce.

— Vous ne devinerez jamais ce que Soan vient de me dire.

Le commandant Chaz colle son dos contre le mur puis croise les bras. Je m'approche de notre indic et le fixe droit dans les yeux.

— Notre chef est à bout de nerfs, c'est très rare. Tu en as mis du temps à parler, cette fois-ci.

— L'information que j'ai donnée est le plus grand secret de la mafia russe. J'essayais de limiter les dégâts et de me protéger. S'ils s'imaginent que…

— Stop, Soan, l'arrête mon coéquipier. Tu sais très bien que si tu ne nous aides pas, tu auras de gros ennuis. Personne ne saura que tu es là.

Je soupire et reprends :

— Alors ?

— Répète ce que tu m'as dit.

Notre supérieur est sur les dents, mais il s'efforce tant bien que mal de reprendre ses esprits le plus calmement possible. Soan doit absolument nous dire à haute voix ce qu'il a révélé ; nous devons l'entendre, sinon ce sera sa parole contre celle de notre major. J'attrape une chaise et m'installe en face de lui.

— On n'a pas toute la journée, Soan. Tu sais pertinemment que tu finiras par nous parler.

Le jeune adolescent baisse la tête et je vois son menton trembler. Il ne devrait pas subir une telle pression à son âge, j'ai de la peine pour lui. Il est si novice. Il a été élevé dans la rue, ses parents ne se sont jamais occupés de lui ni de ses onze frères et sœurs…

— Tu connaissais Mark Andrzeg ? demande Anthony.

— Oui. C'était un ancien des Cheniskaïa, il y a vingt ans. Mais…

— Mais ?

— Il n'a pas fui l'Espagne, il est parti de son plein gré.

— Pourquoi ?

Soan prend une profonde inspiration :

— Pour devenir le Premier Fidèle de Vladislav.

Je retiens mon souffle et ouvre grand les yeux :

— Il a trahi les Cheniskaïa ?

— Oh le bordel…, grimace Anthony.

— J'ai toujours entendu dire que c'était un homme de caractère, explique notre indic. Il a trahi Igor Khov, son ancien Parrain, pour rejoindre le camp rival. Je ne sais pas ce que

Vladislav lui a promis, mais il aimait prendre des risques et a sûrement été éliminé pour cette raison.

— Donc tu confirmes qu'il a été assassiné ?

— Ouais… Ce n'était pas un simple accident de voiture. On a saccagé son véhicule et trouvé le moyen de l'empoisonner avec ses propres médicaments.

J'arque un sourcil, il connaît l'identité du meurtrier.

— « On » ? De qui parles-tu ?

Soan avale salive, sa respiration s'accélère.

— Il appartient aux Cheniskaïa ou aux Vandolskaïa ? demande mon coéquipier.

— Il y a une tradition chez les Vandolskaïa, un peu comme dans les meutes de loups.

— Qu'est-ce ce que tu racontes, bon sang ? s'énerve Anthony.

— Celui qui élimine le Premier Fidèle devient lui-même le Premier Fidèle du Parrain.

Je réalise l'ampleur de cette information.

— Tu es en train de nous dire que l'assassin est aujourd'hui le Premier Fidèle ?

Soan acquiesce et notre commandant reprend la parole :

— Il semblerait qu'il y ait eu plusieurs candidats. Vladislav voulait éliminer son bras droit, car il gagnait du terrain et devenait une menace. Il a donc annoncé que celui qui y arriverait serait promu.

— Sait-on qui il est maintenant ?

— Non. Même moi, je n'ai pas cette information. Je vous le jure ! Vladislav partage ce secret avec ses membres les plus loyaux.

L'interrogatoire prend fin quelques instants plus tard, Soan est emmené discrètement loin de la police judiciaire. L'enquête continue d'avancer et nous comprenons un peu plus le fonctionnement des règlements de comptes au sein de l'organisation criminelle russe présente dans notre capitale. Nous ne savons pas qui est le Premier Fidèle à présent, mais je suis sûre et certaine qu'il commettra une maladresse. C'est encore un novice en la matière, et tout débutant fait des erreurs. Même dans le monde du grand banditisme.

Les jours s'enchaînent dans les locaux de la brigade, mais nous n'avançons plus aussi vite, malgré les éléments découverts récemment. Nous nous retrouvons dans une impasse et au bout d'une semaine, le commandant Chaz nous convoque :

— J'ai été contacté par un responsable de la Brigade de répression du banditisme, nous explique-t-il. Depuis quelque temps, la BRB démantèle en moyenne un cercle de jeu clandestin par mois à Paris, phénomène dû à l'explosion du poker. Une partie illégale est organisée jeudi soir et ils demandent notre assistance pour l'intervention. Grâce aux *tuyaux* recueillis dans le cadre d'une de leurs enquêtes, il semblerait même que des membres des Vandolskaïa y participent. Nous sommes ainsi doublement concernés par cette mission. Si nous découvrons leur identité, nous aurons peut-être une chance de les traquer et de remonter à leur Parrain. Je vous préviens tout de suite, dans les parties clandestines de ce genre, le poker est souvent un sport de combat. Le moindre regard ou une remarque déplacée peut vite dégénérer. C'est pour cette raison qu'ils souhaitent mobiliser notre brigade. De plus, les videurs engagés pour ce type de rencontre sont à de rares exceptions près aussi aimables et courtois que des pitbulls affamés. Il faut donc prendre toutes nos précautions pour cette interpellation. De ce fait, rendez-vous demain matin au deuxième étage. Le commandant de la BRB nous attend à 8 heures pétantes.

Nous approuvons tous cette nouvelle mission et avons hâte d'y aller, car piétiner nous rend tous dingues.

En fin de journée, en traversant le parking, j'ai un réel besoin de me vider la tête. C'est une étape très importante pour ne pas sombrer dans la folie des deux mondes dans lesquels je vis. Liam est mon échappatoire, un peu comme le sucre de mon café ou le petit carré de chocolat que j'aime prendre le soir devant la télévision. Nous nous retrouvons une à deux fois par semaine à présent, quand il n'a pas son fils. Je compose son numéro en rentrant dans ma voiture, toutes mes inquiétudes professionnelles s'envolent dès que j'entends sa voix.

— Bonsoir, me salue-t-il.

— Vodka-orange, je peux être chez toi dans vingt minutes.

Je devine un sourire se dessiner sur ses lèvres.

— Fais vite, m'ordonne-t-il.

Mon cœur fait un bond dans ma poitrine, des papillons se réveillent dans mon ventre. Liam m'attend et je m'empresse de le rejoindre.

CHAPITRE 8

Une partie de poker

Il existe différents types de tournois de poker. La plupart se déroulent dans un cercle familial ou entre amis avec peu d'argent, mais même en jouant cinq euros, ils sont dans l'illégalité. D'autres rencontres ont des milliers d'euros à la clé, et elles ont beau avoir lieu dans un cadre privé, entre personnes majeures, elles n'en demeurent pas moins interdites, elles aussi. En effet, sur notre territoire, la réglementation des jeux en dur, c'est-à-dire non virtuels, est stricte : seuls les casinos et les cercles de jeux autorisés par la loi peuvent organiser des tournois avec des mises financières. On trouve principalement ces cercles de jeux à Paris. Il est donc interdit, sous peine de sanctions pénales, de tenir tout jeu de hasard non autorisé avec un enjeu. Ainsi, au cours d'une partie de poker clandestine, l'infraction est constituée par la réunion de trois éléments : la présence de jeux de hasard, la mise à disposition de ces jeux au public et l'existence d'un enjeu en argent ou gains en nature tels que des objets ou des voyages. La taille de l'enjeu n'a finalement pas d'importance. Le fait de gagner des confiseries en jouant au poker est assimilé à un enjeu et donc répréhensible aux yeux de la loi. En conclusion, sans enjeu, le poker est autorisé partout, y compris dans les bars.

La Brigade de répression du banditisme nous explique qu'elle surveille un couple suspect depuis quatre mois et qu'elle est enfin prête à intervenir. Nous écoutons attentivement ses directives, puis le commandant Chaz relate, jusqu'au moindre détail, l'affaire Vladislav. Les deux majors échangent pendant une demi-heure et conviennent qu'une équipe de la BRB rentrera en premier puis qu'Anthony et moi-même suivrons. En tout, une trentaine d'hommes sont mobilisés pour l'opération qui aura lieu demain soir, à 21 heures précises.

La partie clandestine de poker se déroule au domicile de l'organisateur, un duplex luxueux d'environ deux cents mètres carrés, donnant sur le parc Monceau. Les différentes brigades sont parfaitement équipées et coordonnées – nous avons l'habitude de travailler ensemble et nos formations sont identiques. C'est toujours un plaisir de retrouver d'autres collègues pour unir nos forces. Vêtus de nos uniformes d'intervention noirs – chemise et pantalon de combat, protections, cagoules et casque –, les étiquettes « B.R.I anti-commando » à l'arrière du gilet pare-balles de mes confrères font monter l'adrénaline en moi ! Porter la même chose me rend fière, lors de ce type d'opération. Nous sommes tous comme des gamins impatients d'entrer en scène ! Nous vérifions minutieusement nos armes dans nos fourgons puis, à 20 h 55, nous sortons de nos véhicules, contournons l'immeuble et pénétrons à l'intérieur dans le plus grand silence. Une équipe se charge d'intervenir auprès des voisins, tandis que mon groupe emprunte les escaliers jusqu'au cinquième étage en faisant le moins de bruit possible. Arrivé sur le palier, le commandant de la BRB indique la porte concernée, regarde sa montre puis donne l'assaut quelques secondes plus tard. Deux agents de sa brigade enfoncent la porte de l'appartement et nous nous précipitons aussitôt à l'intérieur, avec une quinzaine de collègues. Nous sommes tenus de faire vite pour les empêcher de s'enfuir ou de cacher quoi que ce soit. Des agents de police s'éparpillent dans toutes les pièces, tandis qu'avec Anthony et notre commandant, nous suivons quatre coéquipiers de la BRB. Nous arrivons dans un vaste salon moderne éclairé par un immense lustre, sûrement en cristal ! Les deux brigades hurlent et les prennent par surprise :

— Les mains sur la tête ! Plus un geste !

Je compte huit hommes et deux femmes autour d'une énorme table de poker où plusieurs liasses de billets sont rangées par tas parmi les jetons. *Bingo !*

— Levez-vous ! Pas de mouvements brusques ! Ne faites pas de conneries, ce sera pire pour vous !

Nous formons un cercle autour d'eux en les visant de nos armes. Je me tourne sur la droite, mon cœur s'arrête lorsque je constate qui est assis à quelques mètres de moi. Je m'immobilise, reçois comme un coup de poing dans l'estomac. Au même moment, les deux commandants et Anthony enlèvent leurs cagoules, car les majors et enquêteurs comme moi ne peuvent pas rester masqués pour les interrogatoires. Je suis toujours figée, sans savoir quoi faire. Je me retourne vers mon coéquipier. Il lit dans mon regard que quelque chose ne tourne pas rond, scrute la table et comprend. Il le reconnaît, lui aussi, mais me fait signe que je n'ai pas le choix. Je porte une main à mon visage et révèle mon identité. L'individu ouvre grands les yeux, j'ai soudain la nausée et la tête qui tourne.

— Aria ?

Liam me fixe. Le silence règne tout à coup dans le salon. Il hésite entre l'incompréhension et la panique.

— Agent Santiago ? m'interpelle le commandant Chaz.

Je reprends mes esprits et regarde mon supérieur.

— Connaissez-vous cet homme ?

— Non, mon commandant.

Il fronce les sourcils, tandis que je me retourne en pointant malheureusement mon arme vers Liam, toujours assis :

— Levez-vous, faites ce que l'on vous demande ! Je suis l'agent Santiago de la BRI de Paris ! Levez-vous !

Je lis la confusion dans ses yeux, mais il exécute mes ordres.

— Mains sur la tête !

Je me dirige vers lui et un deuxième jeune homme qu'il semble connaître. Tandis que les brigades se reconcentrent sur les autres personnes et commencent les identifications, je fais signe à Anthony de s'approcher.

— Viens m'aider ici, s'il te plaît.

Il approuve, je m'adresse de nouveau aux deux individus :

— Mettez-vous face au mur. Écartez les jambes et sortez lentement vos cartes d'identité.

Liam me fixe, recherche mon attention, tandis que son ami s'empresse de prendre son portefeuille.

— Comment vous appelez-vous ?

— Maxime Canva.

— Et vous ?

Je n'ose pas plonger dans son regard, mais je sais qu'il me

dévisage, anéanti, dans la plus grande incompréhension.

— Liam Ronan, murmure-t-il.

— Très bien. Savez-vous que vous participez à une soirée poker illégale ?

Ils baissent la tête, échangent un simple coup d'œil entre eux. Je n'ai aucun mal à interpréter leur attitude.

— Retournez-vous. L'agent Brent va vous fouiller. Jambes écartées, mains sur le mur.

Liam et Maxime s'exécutent, j'en profite pour me rapprocher d'eux. Je chuchote en toute discrétion :

— Liam, tu ne me connais pas. Fais-moi confiance.

— OK, souffle-t-il, soulagé de constater qu'il n'a pas perdu la tête.

Anthony procède à la fouille corporelle puis le commandant Chaz nous rejoint :

— On a identifié trois membres des Vandolskaïa. Est-ce que ces deux-là ont la marque ?

Nous cherchons tout simplement le tatouage de hyène de l'organisation criminelle. Je suis sûre et certaine que Liam ne l'a pas. *Nous avons déjà passé plusieurs nuits ensemble et exploré le corps de l'autre…*

— Je n'ai rien trouvé sur les bras, rétorque mon coéquipier. Il faudra vérifier au poste sous leurs vêtements.

Notre supérieur approuve, fait volte-face. Je l'entends dire au commandant de la BRB en pointant le doigt dans notre direction :

— J'embarque les membres des Vandolskaïa et ces deux-là, ça te va ?

— Parfait, répond le responsable. Je gère le couple suspect, ainsi que les autres. On fera le point sur les interrogatoires.

— Ma brigade, vous avez entendu ? On remballe tout pour que l'équipe scientifique de la BRB passe au peigne fin l'appartement.

Je prends le bras de Liam violemment, agacée par la tournure des événements. Que fait-il ici ? Comment n'ai-je pas vu qu'il n'était pas fiable ? Je suis écœurée et révoltée d'avoir laissé notre attirance me rendre aveugle. Les échanges dans nos locaux les prochaines heures n'augurent rien de bon. Cette affaire est maintenant personnelle.

Je rentre dans la salle d'interrogatoire, découvre Liam complètement désemparé. Je suis si perturbée en le voyant ici en tant que suspect que je n'arrive pas à saisir s'il joue un rôle ou s'il est vraiment perdu. Avant même de m'asseoir, je mets par écrit sur mon bloc-notes : « On est sur écoute. TU NE ME CONNAIS PAS ». Je prends ensuite place sur la table et tourne mon carnet vers lui discrètement. Je sais que mon collègue Gaspard nous regarde à travers la vitre teintée.

— Où est Maxime ?

— L'agent Brent l'interroge de son côté. Veuillez me confirmer votre identité, s'il vous plaît.

— Liam Ronan.

— Votre date de naissance ?

— Le 13 septembre 1989.

— Très bien. Passons aux choses sérieuses : racontez-moi ce que vous faisiez dans cet appartement.

Le jeune brun soupire et commence son monologue, la voix

tremblante :

— Maxime connaissait ce couple. Ils l'ont invité pour une partie de poker, mais il préférait y aller accompagné. J'y ai déjà joué, entre potes, rien de méchant, mais je savais que là, ça ne serait pas pareil. C'était une expérience dangereuse, j'ai essayé de l'en dissuader, mais il ne changeait pas d'avis. Alors j'ai décidé de ne pas le laisser s'y rendre seul…

— Vous étiez donc conscient du caractère illégal de cette rencontre ?

Il avale difficilement sa salive, je prends une profonde inspiration.

— Répondez à la question. Vous saviez que cette partie de poker était illégale ?

— J'avais un doute.

Je note sa déposition et garde le silence quelques minutes. Liam se tord les doigts, cherche mon regard, mais je ne cède pas. Je ne peux pas plonger dans ses yeux, je serais capable de commettre une terrible erreur. L'embrasser ou le gifler. Dans les deux cas, je dois me retenir.

— La loi du 12 juillet 1983 prévoit que le fait de participer à la tenue d'une maison de jeux de hasard, où le public est librement admis, est puni de trois ans d'emprisonnement et de 45 000 euros d'amende. Les peines sont portées à sept ans d'emprisonnement et à 100 000 euros d'amende lorsque l'infraction est commise en bande organisée.

— Je vais en prison ? s'exclame-t-il en faisant un bond sur sa chaise.

— Aucune idée. Cela dépendra du juge.

Je sais pertinemment qu'il ne se retrouvera pas derrière les barreaux, car la BRB condamne rarement les participants. De plus, dans cette affaire, ils cherchaient les organisateurs, et nous, la BRI, des membres de Vandolskaïa. Mais je ne le lui dirai pas tout de suite.

— Il vous faut impérativement un avocat. Vous êtes libre de rentrer ce soir, mais vous serez convoqué dans maximum deux jours. Trouvez-vous un bon professionnel, restez joignable et ne quittez pas le territoire.

Je me lève, puis ose enfin le regarder droit dans les yeux. Mon cœur se serre. *Qui es-tu, Liam ? Dans quel pétrin viens-tu de me mettre ? As-tu fait exprès de m'aborder à L'Étoile Lounge Club ?* Tant de questions que je ne peux pas lui poser. Je tourne les talons puis referme la porte derrière moi. Anthony m'attend déjà dans le couloir et me prend amicalement dans ses bras.

— Je suis là, Mégane. Quoi qu'il arrive.

CHAPITRE 9

L'interrogatoire

Dès que je quitte la police judiciaire, je fonce chez Liam. Je dois mettre au clair son implication dans cette affaire. Je rentre dans l'immeuble au même moment qu'un de ses voisins et monte à l'étage. Je frappe doucement et, quand il m'ouvre, le jeune homme me prend par le bras pour me tirer à l'intérieur. Il claque la porte puis braque ses yeux sur moi :

— Putain, Aria ! crie-t-il. T'es flic ? C'est quoi ce bordel ?

Je manque de m'étouffer et hurle à mon tour :

— Liam ! Le problème ce n'est pas que je sois flic, mais que tu participais à une partie illégale de poker ! Avec des gens très, TRÈS suspects !

Il est essoufflé, porte les mains sur sa tête et fait les cent pas :

— T'es un flic ! Mon Dieu…

Je perds patience et essaye de le ramener sur terre :

— Tu m'écoutes ? Ce n'est pas le problème ! Tu étais avec des personnes dangereuses, dont des membres de la mafia russe. MAFIA RUSSE !

Il s'immobilise, ouvre grands les yeux. J'énumère leurs savoir-faire pour qu'il comprenne une bonne fois pour toutes que mon travail est le moindre de ses soucis :

— Trafic de drogue, trafic d'armes, blanchiment d'argent. Des gens qui tuent pour un rien. Des assassins ! Mon chef pourchasse leur organisation criminelle depuis sept ans dans la capitale ! Sept putains d'années, Liam !

Il continue de s'agiter dans tous les sens puis se dirige vers son salon. Je le suis, je dois impérativement lui poser LA question que je redoute tant. Mon pouls s'accélère, sa réponse m'inquiète d'avance.

— Tu es l'un d'eux ?

Liam se retourne brusquement, ses yeux chocolat me lancent un éclair d'agacement.

— Je te l'ai dit, Aria. Je ne les connaissais pas, c'est Maxime qui a rencontré ce couple. Je te jure que c'est la vérité.

Il s'avance vers moi. Instinctivement, je recule, j'ai l'impression d'être prise au piège.

— Tu as peur de moi ? s'offusque-t-il.

— Non.

J'essaye de me reprendre malgré son regard fixe sur mon visage. J'avale ma salive, mon pouls accélère.

— Tu n'as pas à avoir peur, je te le promets.

Je tente de paraître calme et sûre de moi, mais il me déconcerte complètement. Je ne sais pas qui il est réellement. Un léger sourire sur ses lèvres adoucit l'ambiance. Jusqu'à preuve du contraire, Liam est innocent. Je le laisse s'avancer vers moi lentement et perçois une lueur d'inquiétude dans son regard.

— T'es vraiment flic ? s'étonne-t-il.

Il attrape mes joues entre ses mains, je pose les miennes sur sa taille. Je décide de jouer pleinement la carte de la confiance, tout en restant sur mes gardes.

— Heureusement que je le suis, Liam. Pour sauver ta peau. Tu as besoin d'un très bon avocat. Je suis un agent de la BRI et tu es suspect, je n'en reviens pas…

— Pourquoi tu ne m'as rien dit ?

— C'était une de mes règles, tu t'en souviens ? Ne pas parler de nos vies respectives, c'était pourtant simple. Je ne voulais pas te mêler à mes affaires.

Nous soupirons tous les deux, il dépose ensuite un léger baiser sur mes lèvres. Puis Liam m'enlace et je fonds dans ses bras musclés en posant la tête sur son torse. Je m'écarte quelques secondes plus tard.

— Je ne suis jamais venue ici. On ne se connaît pas, d'accord ? Je m'appelle Mégane, ne mentionne plus jamais le prénom Aria. Je vais te sortir de ce pétrin.

Il déglutit et acquiesce. Je l'embrasse une dernière fois, quitte son appartement, déboussolée par cet événement imprévu. Lorsque je rentre chez moi, je commence aussitôt mes recherches pour comprendre qui est Liam Ronan.

Les techniques policières déployées pour déceler la vérité sont bien rodées et parfois surprenantes. La perquisition est la première étape : lorsqu'un délit ou un crime est commis, il est constaté par un officier de police, c'est le début de l'enquête. L'équipe qui a la charge de celle-ci doit recueillir des preuves et chercher les auteurs de l'infraction. Agissant sous la direction du procureur de la République, nous disposons ainsi de moyens de coercition grâce auxquels nous pouvons exiger des perquisitions et placer différents suspects en garde à vue.

Le couple organisateur, qui encaissait 1 000 euros par personne pour son hospitalité, et un croupier ont été interpellés. Vingt-trois mille euros environ en liquide ont été retrouvés dans l'appartement ; un tenancier de ce type de cercle illégal risque jusqu'à sept ans de prison et 150 000 euros d'amende. Les joueurs invités sont rarement inquiétés par la justice, car nous savons que, pour ce genre de partie illégale importante, ils ont déjà posé sur le tapis une somme conséquente et paraphé un chèque en blanc pour couvrir leurs pertes éventuelles. Toutefois, il ne suffit pas de recueillir des preuves matérielles ou d'arrêter un ou plusieurs suspects pour clore l'enquête. En effet, le droit français présume un suspect innocent jusqu'à preuve du contraire, quelle que soit l'infraction. Pour étayer les preuves matérielles amassées au cours de l'investigation, il est nécessaire de procéder à des auditions, d'interroger les témoins et, en dernier lieu, d'obtenir des aveux en bonne et due forme. L'interpellation d'un témoin ou d'un présumé coupable se révèle être la pièce maîtresse de toute enquête policière. Sans cela, l'instruction ne pourrait pas être close ou se verrait irrecevable par le parquet chargé de juger l'affaire. Ainsi, la première phase d'un interrogatoire vise à la collecte d'informations et nous faisons en sorte que la personne interrogée s'exprime le plus spontanément possible. Ensuite, nous posons des questions ouvertes, sans jamais suggérer ou orienter les réponses.

Liam, accompagné de son avocat, se montre coopératif et explique dans les moindres détails comment il a atterri dans cet appartement. Maxime, quant à lui, confirme la version de son ami, mais paraît moins innocent. Il avoue connaître le couple organisateur depuis longtemps et ce n'est apparemment pas la première fois qu'il participe à ce genre de soirée. Contrairement à Liam, mais je reste sur mes gardes. Les preuves apportées par Anthony et moi-même – relevés téléphoniques, échange de messages et traque GPS – affirment que tous les deux disent la vérité, du moins pour l'instant. Pour ce qui est des trois membres de la mafia russe, leur appartenance au groupe criminel de Vladislav est péremptoire. Ils ont la fameuse hyène tatouée sur la peau et Marc et Héloïse précisent qu'ils fréquentent L'Étoile Lounge Club quotidiennement. Ils sont ainsi liés à Yana Piotr.

La coopération des malfaiteurs n'étant pas aussi simple et la collecte d'informations n'étant pas fructueuse au début de la garde à vue, nous passons à la vitesse supérieure avec l'interrogatoire accusateur. Tout au long de ces deux phases, le langage corporel des interrogés est passé au crible : émotions, angoisses, expressions du visage, position assise, gestuelle des mains… Toutes les réactions sont analysées et décryptées afin de mieux orienter nos questions. L'interrogatoire policier n'est en rien une conversation banale, c'est un condensé laborieux de tactiques argumentatives et de tentatives de persuasion, qui s'adapte au contexte et à la personnalité des suspects ou témoins. Une fois les informations clairement établies, nous rédigeons un procès-verbal qui doit être validé par chacun des interrogés. Liam et Maxime le signent sans problème, mais les mafieux sont plus durs à convaincre. Le commandant Chaz prend le relais, il leur explique formellement qu'ils ne sortiront pas avant que cette affaire soit close et que l'on mette la main sur leur Parrain. Ils cèdent dès qu'ils réalisent qu'ils seront plus en sécurité derrière les barreaux que relâchés dans la nature.

Les interpellations sont indispensables pour toute affaire criminelle ou délictueuse, mais en réalité, ce sont les avancées en sciences criminelles qui ont le plus de répercussions devant le juge. La balistique, l'ADN ou encore les preuves téléphoniques sont désormais bien plus prisés par les tribunaux que les aveux résultant d'un interrogatoire. Julie a intégré temporairement l'équipe scientifique de la BRB et leur rapport est très satisfaisant : des armes illégales, de la drogue et des œuvres d'art volées ont également été retrouvées dans l'appartement, ainsi qu'une multitude de traces ADN de suspects dans notre base de données. Cependant, aucune trace d'arme ou de génétique qui corresponde aux meurtres dans la capitale. Mais je suis convaincue que nous y arriverons, tôt ou tard.

Après une longue journée, je m'interdis d'appeler Liam pour m'aérer l'esprit. J'ai besoin de temps pour m'assurer que le fréquenter n'est pas sujet à mettre fin à ma carrière. Cela fait maintenant six jours que nous avons interrompu la partie de poker clandestine, six jours que nous ne pouvons plus nous voir comme avant. Il n'est pas encore rendu officiel que son ami et lui sont tirés d'affaire, je préfère donc maintenir mes distances. Quand je rentre dans ma voiture, je compose le numéro de mon frère. J'ai besoin de lui parler et je sais qu'il me répondra, même à cette heure tardive. Il ne se couche jamais avant minuit.

— Meg ? me répond-il d'une voix rauque. Ça va ?

Mon frère, Yohan, est de deux ans plus âgé que moi. Il est médecin-urgentiste pour le SAMU, rattaché à l'Hôpital Necker-

Enfants Malades. Il comprend très bien lorsque j'ai ce besoin de parler : certains jours, c'est lui qui m'appelle pour vider son sac.

— Salut. Ça peut aller. Et toi ?

— Ouais, bof, souffle-t-il. J'ai un gamin qui est décédé aujourd'hui dans le camion, alors je ne t'explique pas le moral. Ça fait du bien de t'avoir au bout du fil.

— Je suis désolée. Pourquoi tu ne m'as pas appelée ?

— Tu as tes soucis, toi aussi. Tu fréquentes la mort tous les jours.

— Mais on est là pour s'aider, tu le sais.

— Oui. Bon, assez parlé de moi. Ta journée s'est mal passée ?

— La semaine, plutôt. J'ai participé à une interpellation d'une grosse partie de poker clandestine et un mec que je fréquentais y était, ainsi que la mafia russe. Je te passe les détails.

— Fréquentais ? demande-t-il, surpris.

— Ouais, on s'est rencontrés dans un club pendant une infiltration où j'étais habillée en civil.

— Décidément, ton boulot et lui sont liés.

— Ouais…

Même si nous avons prouvé son innocence dans l'affaire Vladislav et que tout semble être une succession de coïncidences diaboliques, je me montre prudente.

— Et c'est un suspect, du coup ?

— Plus maintenant, mais il a un casier judiciaire désormais.

— Pourquoi ça t'inquiète autant, Meg ?

Je lâche un long soupir, sans savoir quoi répondre.

— Meg ? Tu as des sentiments pour lui ?

— Aucune idée. Mais je n'ai jamais été aussi bien avec quelqu'un.

Je l'entends se lever et faire les cent pas dans son appartement.

— Suis ton instinct. Tu as toujours été meilleure que moi pour ça.

Je ris et décide de changer de sujet.

— Comment vont Vanessa et les enfants ?

— Bien, merci. Passe nous rendre visite le week-end prochain. Je suis de repos et tu nous manques.

— Je ne te promets rien…

— Mégane, s'il te plaît.

Il n'a pas tort, je ne les ai pas vus depuis quelques semaines et eux aussi me manquent.

— OK. Je te tiens au courant.

— Parfait ! Bonne nuit, sœurette.

— Bonne nuit, frangin.

Je suis devant mon immeuble et me force à rentrer, sans appeler Liam. Il hante mes pensées, mais nous devons clore son dossier avant de nous retrouver.

CHAPITRE 10

La famille

Les jours suivants sont monotones, mais finissent par aboutir à quelque chose de concret. Liam et Maxime sont écartés des affaires de la mafia russe, tandis que les trois membres de l'organisation criminelle sont incarcérés, en attente de jugement. Je travaille même le samedi avec Anthony, Julie, Marc et Héloïse pour boucler, à l'étage de la BRB, les derniers éléments du dossier sur la partie clandestine de poker.

J'envoie un message à mon frère, lui promettant de lui apporter le petit-déjeuner le lendemain matin. En sortant de la police judiciaire, je décide de faire quelques courses, car je mérite de me languir devant une série, en ce samedi soir, avec un bon pot de glace. Je vais donc à la supérette en bas de la rue, mais me rends rapidement compte que quelqu'un me surveille. Je regarde discrètement tout autour de moi et constate que mon intuition est la bonne. Un homme maintient ses distances de façon suspecte et je vois dans le reflet d'une vitre qu'il jette de temps en temps un œil dans ma direction. Je continue mes courses tranquillement, pendant qu'il met des articles au hasard dans son panier. Il pense sincèrement passer inaperçu, mais il est trop nerveux, fuit le contact visuel avec tout le monde et regarde trop souvent par terre. Je prends mon smartphone et compose le numéro d'Anthony.

— Salut, chéri ! Qu'est-ce que tu veux manger ce soir ?

Mon coéquipier comprend aussitôt que je suis suivie. Notre brigade a convenu que, pour appeler du renfort, nous devions faire sembler d'appeler son conjoint.

— Tu es où ?

Je l'entends ouvrir un tiroir, sûrement pour prendre un carnet de notes et un stylo.

— Oui, oui, je suis à la supérette, dans la rue de mon boulot. J'avais besoin de deux ou trois bricoles, j'en profite pour prendre un truc frais pour le dîner.

Je vois dans mon champ de vision que l'inconnu se rapproche de moi et s'arrête à environ deux mètres. Je ne veux pas prendre de risques, il ne doit pas comprendre ce que dit Anthony. Je vais un peu plus loin dans le rayon et me penche vers les fromages.

— OK, je descends avec quelqu'un. Ils sont combien ?

— Du poulet ? J'en ai encore un dans le congélateur. Tu n'aimerais pas plutôt du poisson ?

— Essaye de me le décrire.

— J'ai pris de quoi faire une salade russe demain soir, parce que j'ai une réunion jusque tard. Mais pour ce soir, chéri ? Tu vas te décider, oui ou non ? Il faut que j'aille chercher mon cardigan et des bottes au pressing encore.

— Merde, s'agite Anthony à l'autre bout du fil. C'est sûrement en lien avec notre affaire. Ne sors pas, continue comme si de rien n'était.

— Ah, du saumon ! Bonne idée ! OK, écoute je finis mes courses et je t'appelle dès que je suis à la maison.

— Envoie plutôt un texto quand tu es à la caisse. Je suis déjà dans l'ascenseur avec Gaspard.

Je me dirige ensuite vers le rayon poissonnerie, toujours attentive à mon environnement. Il y a une vingtaine de clients autour de nous, je dois éviter le moindre faux pas pour sortir d'ici sans dégainer mon arme cachée sous ma veste. L'homme a le culot de passer à côté de moi pour se diriger vers le rayon « pâtes ». J'angoisse à l'idée de ne plus avoir un œil sur lui, mais garde mon calme : Anthony ne va pas tarder. Quand mon tour arrive, je demande deux parts de saumon et me dirige ensuite vers la caisse. Contre toute attente, et sorti de nulle part, l'espion se met juste derrière moi ! Je dépose mes articles sur le tapis, souris à la caissière, et pendant que celle-ci scanne mes produits, j'engage une conversation sur la pluie et le beau temps tout en envoyant un texto à mon coéquipier. Je ne croise pas une seule fois le regard de l'homme, paye mes courses puis attrape mes deux sacs gaiement en souhaitant une bonne journée à l'employée. Je sors dans la rue, constate que mes deux collègues nous surveillent discrètement sur l'autre trottoir. Je me dirige vers la droite et feins de recevoir un appel. Je laisse Anthony gérer, continuant mon chemin. Puis mon téléphone vibre dans mes mains, je décroche.

— Il n'a pas pris ses courses, il est parti dans une direction opposée à la tienne. Continue d'avancer, Gaspard va le suivre. Je te rejoins au bout de la rue.

Quelques minutes plus tard, Anthony traverse la route :

— C'est bon, il est entré dans le métro, Gaspard est à ses trousses et nous tiendra au courant.

Je pousse un long soupir.

— On est dans la merde. On commence à être surveillés.

Ils savent parfaitement où nous trouver.

— Ne t'inquiète pas, on va le coincer, celui-là.

Il jette un œil derrière nous et reprend :

— T'es garée dans le parking de nos locaux ?

J'acquiesce puis nous nous dirigeons vers un passage piéton et faisons demi-tour.

— Je t'accompagne jusque chez toi, dit Anthony en mettant les mains dans ses poches. Je rentrerai en métro.

— Ce n'est pas la peine.

J'essaye de le rassurer, il n'est pas obligé de m'escorter.

— J'insiste. La dernière fois que j'ai laissé mon coéquipier après une de nos découvertes…

Il se tait, incapable de finir sa phrase. Nous arrivons dans le parking souterrain, je pointe ma voiture du doigt. Nous nous installons puis, dès que j'ai démarré, je reprends notre conversation. J'aimerais discuter avec lui de ce qu'il s'est passé avec notre ancien collègue.

— Tu parles de Théodore, je suppose ?

— Ouais…

Nous restons quelques minutes silencieux. J'espère qu'il va vider son sac.

— Je suis ta coéquipière, il faut que tu m'en parles.

— Il n'y a rien à dire.

— Explique-moi ce qu'il s'est réellement passé.

Anthony soupire et regarde par la vitre les bâtiments défiler.

— La veille, on avait découvert l'identité d'un des membres de Vladislav.

Sa voix craque, son torse trahit sa respiration difficile.

— On devait y aller le lendemain matin, mais j'ai eu un mauvais pressentiment.

Anthony baisse la tête et mon cœur se serre. Ils ont été un duo de choc pendant presque trois ans. Toutes les brigades les admiraient, notre major leur laissait carte blanche. Théodore et Anthony étaient le genre d'agents inséparables, professionnels, avec une relation fraternelle dont tout le monde rêvait au boulot. Ils pouvaient compter l'un sur l'autre, ils n'avaient pas besoin de parler ou de faire le moindre geste pour se comprendre.

— J'ai réalisé rapidement qu'il y allait le soir même. Cette affaire le rongeait de l'intérieur, tout comme le Commandant Chaz. Il enquêtait dessus depuis cinq ans. J'aurais dû… insister, le suivre, je ne sais pas.

Il se mord le poing et se renferme de nouveau.

— Tu sais que ce n'est pas ta faute, Anthony ?

— Si, ça l'est.

Ma poitrine se comprime en le voyant abattu face à une telle tragédie. Ce n'est jamais simple de perdre un collègue, alors je n'ose même pas imaginer un coéquipier avec qui l'on passe toutes ses journées, presque six jours sur sept pendant des années.

— Non, ça ne l'est pas.

— J'aurais dû l'accompagner, Mégane, souffle-t-il. Je me doutais qu'il agirait seul, il était borné, je le savais… Théodore a essayé de me convaincre qu'il ne ferait rien et je me suis voilé la face. J'étais exténué, je n'avais qu'une envie : rentrer chez moi. Regarde jusqu'où mon égoïsme nous a menés… Il a été carbonisé.

Je pose une main sur son bras, puis me gare dans la rue de mon immeuble.

— Rentre, j'ai une bière qui t'attend au frigo.

Anthony accepte et monte à mon appartement. Nous

passons toute la soirée à parler de Théodore, de nos souvenirs, leurs enquêtes, leurs succès et leurs défaites. Je découvre un partenaire loyal, très réservé, mais également un agent de police impliqué et très professionnel. Anthony ne souhaite qu'une chose : venger la mort de notre collègue.

Le dimanche matin, je passe dans une des meilleures boulangeries de mon quartier pour acheter deux baguettes, quatre pains au chocolat, deux croissants et deux chaussons aux pommes. Dès que je sonne chez mon frère, mes neveux, Julien et Alice, des jumeaux âgés de 7 ans, m'accueillent chaleureusement en se jetant dans mes bras.

— Salut, les monstres !

— Salut, tata ! s'exclament-ils en chœur.

Ils attrapent ensuite le sachet de viennoiseries et courent jusqu'à la cuisine.

— Je leur avais dit que tu ramenais le petit-déj, m'annonce ma belle-sœur dans un sourire.

Elle me claque la bise et me sermonne :

— On ne te voit plus depuis des semaines !

— Je sais, Vanessa. C'est compliqué, le boulot…

— Il n'y a pas que le taf, dans la vie, Meg, intervient mon frère.

Il m'embrasse et je leur donne raison. Ils me préparent un café, je suis heureuse de constater qu'ils m'attendaient tous les quatre : la table est dressée et ils ont rajouté une chaise pour moi. Nous mangeons dans la joie et la bonne humeur. Je demande aux plus jeunes comment ça va à l'école, ils m'interrogent à leur tour sur les « méchants que tata met en prison ». Après une trentaine de minutes à table, les enfants demandent à sortir et vont vaquer à leurs occupations. Mon frère et ma belle-sœur ne perdent pas de temps :

— Alors, où en es-tu avec votre mafia russe ?

— Ça avance, mais on est loin d'en avoir fini.

Ils savent que je ne peux pas en parler et vont droit au but :

— Et le gars que tu fréquentais ? Yohan m'en a parlé.

— Son cas a été archivé. Nous avons prouvé son absence d'implication dans cette affaire et la BRB ne le poursuivra pas pour sa participation au poker clandestin. Il a déjà assez perdu comme ça en payant sa place autour de la table.

— Et, du coup, tu l'as revu ? demande mon frère.

— Non.

— Tu en as envie ? enchaîne Vanessa en souriant.

J'inspire et acquiesce en baissant les yeux sur ma tasse de café vide.

— Ne laisse pas cette fâcheuse coïncidence t'éloigner de lui, Mégane.

— Fâcheuse coïncidence ?

— Oui, on te connaît. On fait tous des erreurs, mais s'il te plaît, ne l'éloigne pas à cause de ça.

— Ouais, je vais y réfléchir.

Nous discutons encore un moment à table, puis je décide de passer la matinée avec eux. Je joue avec les enfants, Yohan prépare des pizzas maison et Vanessa en profite pour papoter avec moi, de tout et de rien. Après le déjeuner, je leur annonce que je vais y aller. Les enfants m'attaquent de câlins et m'obligent à promettre de venir plus souvent.

— N'oublie pas qu'on est ta famille et qu'on t'aime.

Je prends ma belle-sœur dans mes bras et la remercie.

— Je vous aime aussi.

— Rentre bien.

Mon frère m'accompagne jusqu'à l'ascenseur et, lorsque j'y entre, il me fait un clin d'œil avant que les portes ne se referment :

— Appelle-le.

Je souris et prends mon téléphone. Il a sûrement raison.

CHAPITRE 11

Tous les coups sont permis

Liam m'ouvre la porte, je pénètre dans son appartement. Je dépose mon sac et ma veste sur son canapé, puis me tourne vers lui. Il enfouit ses mains dans les poches de son short et me fixe. Je prends la parole la première :

— Tu as eu un retour de ton avocat concernant ton cas ?

— Oui, murmure-t-il. Je ne serai pas poursuivi, sauf en cas de récidive.

— Tu es au courant que tu as un casier judiciaire maintenant ?

— Ouais…

Il baisse la tête, je m'approche de lui. J'ai des palpitations, ma gorge est sèche et nouée, mes mains moites… Je chuchote sans même réfléchir :

— Tu m'as manqué.

Il lève les yeux vers moi, sans voix. Il ne s'y attendait pas, moi non plus. Sa réponse est la meilleure de toutes : Liam prend mon visage et m'embrasse tendrement. Nous sourions bêtement, car nous réalisons que quelque chose de spécial nous unit. Je plonge dans son regard chocolat si séduisant, tandis que ses doux traits se referment.

— Soyons sincères l'un envers l'autre. Oublions nos règles, Mégane, s'il te plaît. J'ai besoin de connaître ton histoire et de te raconter la mienne.

Mon pouls s'accélère, ma poitrine se serre. J'évite son regard, je ne sais pas si c'est une bonne idée. Liam s'écarte de moi, j'en profite pour lui tourner le dos et m'installer sur son canapé.

— Je peux commencer, si tu veux, propose-t-il.

Je plisse les yeux et laisse cet homme à la fois charmant et troublant se lancer dans le récit de sa vie :

— Je suis né à Versailles, dans une famille plutôt aisée. Mon père est dans l'automobile, ma mère m'a élevé avec mon frère. J'ai toujours fréquenté des écoles privées et j'ai fait des études supérieures à HEC pour suivre les pas de mon père. Je travaille aujourd'hui avec lui, dans le service marketing.

Liam regarde ensuite le portrait de son fils accroché au mur.

— J'ai rencontré mon ex il y a cinq ans. Je pensais que j'allais l'épouser, avoir une parfaite vie de couple, seulement elle est tombée enceinte avant. Au début, nous étions surpris et paniqués, mais nos familles nous ont aidés. Cela a été suffisant les premiers temps. Ensuite, à la naissance de notre fils, je n'ai pas su trouver ma place. Ils sont tous les deux si fusionnels... J'avais l'impression d'être de trop et elle me l'a fait comprendre. Je l'ai avec moi une semaine sur deux, nous nous partageons également les vacances scolaires. Il s'appelle Matéo.

La voix de Liam craque, une vague de mélancolie et de tristesse l'envahit.

— Tu n'étais pas de trop dans leur relation. Ce n'est pas ta faute, je suis certaine que la mère de ton enfant n'a pas su gérer l'arrivée de votre fils. Elle ne t'a pas fait de place.

— Tu n'en sais rien.

— Je ne suis pas maman pour l'instant. Mais je sais déchiffrer les gens. Et tu aimes ton fils plus que tout. Un père ou une mère n'est jamais de trop, Liam. Donc, je suis convaincue que tu t'es battu pour assumer ton rôle. La preuve, tu as la garde partagée malgré tout ce qu'il s'est passé.

Il se tourne vers moi, confus, puis il soupire et me pointe du doigt :

— À ton tour.

Je me mords la lèvre inférieure, indécise. Puis-je lui faire confiance à cent pour cent ? Puis-je vraiment m'engager à ce point ? Mon cœur me dit que oui, mon instinct trépigne d'impatience.

— Je suis née en banlieue parisienne également, mais dans le 95. Famille modeste, des parents dans le bâtiment qui se sont toujours battus pour nous. Je suis dans la police et mon frère est médecin urgentiste.

— Pourquoi la police ?

— Aucune idée. Ne t'attends pas à ce que je te dise que j'ai un lourd passé ou un traumatisme d'enfance : je n'en ai pas et j'en suis ravie. Je suis tombée par hasard dans le banditisme, après un stage, et j'ai adoré ça. Tous les trafics de drogue et d'armes me fascinent. Résoudre les enquêtes qui me rendent folle est la raison pour laquelle je me lève le matin. C'est un métier à risque, oui. Mais toute profession a ses « pour » et ses « contre ». J'ai eu quelques relations, seulement à chaque fois que je m'engageais, il fallait que j'annule leurs PV ou que je les aide juridiquement. Ce n'est clairement pas pour ça que j'ai besoin d'un homme dans ma vie.

Liam hausse les sourcils et se retient de rire.

— Et, comme par hasard, je me retrouve dans une de tes enquêtes.

— Laisse tomber ! Je ne voulais plus te revoir, tellement cette histoire m'a contrariée.

— Alors comment ça se fait que tu sois là ?

— Disons que mon frère m'a persuadée de t'accorder une seconde chance.

— Donc tu as parlé de moi à ton frère ? s'exclame Liam. Qu'en est-il de la règle « on ne dit rien à personne » ?

Il gonfle le torse, fier de sa remarque. C'est à mon tour de grimacer. Je lui donne un coup dans l'épaule en rougissant.

— Quelles sont les nouvelles règles maintenant ?

— Il n'y en a plus, Mégane. On a parlé de nos vies, on se rappellera demain et, tu sais quoi ?

Liam tourne tout son corps vers moi puis rapproche son visage du mien. Nos lèvres ne sont plus qu'à quelques centimètres, son souffle chaud me donne des frissons dans le dos.

— J'ai envie de m'engager avec toi, de t'emmener dîner, de te présenter à mes amis, que tu passes la nuit ici. Je veux enfreindre toutes les règles avec toi.

J'éclate de rire.

— Te rends-tu compte que tu demandes à un agent spécial de la police judiciaire d'enfreindre des règles ?

— J'ai toujours entendu dire que le cordonnier était le plus mal chaussé, plaisante-t-il.

Liam me regarde tendrement, tandis que je ris encore plus fort. Je me sens bien. Je me sens apaisée, en sécurité… Je me sens aimée.

— J'en pince pour vous, madame l'agente de police.

— Je vous porte également dans mon cœur, Vodka-orange.

Face à ma réponse, Liam me soulève, m'embrasse et passe les mains sous mon haut. Je suis enfin prête à m'engager et cette décision me convient parfaitement.

Lundi matin, une nouvelle semaine commence. Après une première nuit complète au côté de Liam, je passe chez moi me changer avant de me rendre au bureau. La partie clandestine de poker est à présent archivée. Place aux prochains éléments de l'enquête ! Anthony fouille inlassablement avec Héloïse dans le passé des trois membres que nous avons mis derrière les barreaux, tandis que j'assiste Marc à retracer leurs parcours dans notre capitale grâce aux caméras de surveillance.

Sur les coups de 15 heures, je sens mon portable vibrer dans ma poche. Dès que je le prends, mon cœur fait un bond. J'ai reçu un message d'un numéro inconnu. Je l'ouvre sans attendre et, soudain, mon monde s'écroule. Je ne tiens plus sur mes jambes, je laisse tomber ma tasse de café par terre. Je suis clouée sur place, pétrifiée, paralysée.

— Mégane ? me demande Marc.

Je peine à respirer, il appelle aussitôt Anthony. Mon coéquipier arrive en courant et, lorsque je le regarde, les yeux remplis de larmes, je lui tends mon portable, d'une main tremblante. Il retient à son tour son souffle. Ma poitrine me fait mal, je ressens une douleur immense… Non, je ne peux pas le croire… Je… Comment est-ce possible ?

— Suis-moi.

Anthony m'aide à me relever, je remarque que tous nos collègues ont compris que quelque chose de grave venait de se produire. Mon coéquipier pose une main dans mon dos et nous dirige vers le bureau de notre commandant. J'ai des sueurs froides, les mains moites. Anthony ouvre la porte de notre chef sans prendre la peine de frapper et dit aussitôt :

— Nous avons un problème.

Il lui tend mon portable pendant que je m'assois sur une chaise.

— Pourquoi avez-vous reçu cette photo, agent Santiago ? s'énerve notre supérieur.

Je lève mon regard vers lui, toujours humide, et il comprend.

— Vous le connaissez. Vous m'avez menti, Mégane. Vous le connaissez ! répète-t-il en cognant son poing contre le mur.

J'acquiesce, il sort de son bureau en hurlant :

— Ma brigade, réunion d'urgence, maintenant !

Il se tourne vers nous, me rend mon téléphone et pose une main sur mon épaule :

— On en reparlera, mais sachez qu'on ne s'attaque pas aux nôtres. La guerre est déclarée : tous les coups sont permis.

Mes yeux fixent de nouveau l'écran de mon portable et je ravale un sanglot. Le choc laisse place à la colère. Liam est allongé au sol, ligoté, le visage en sang. Il est séquestré.

CHAPITRE 12

Une disparition inquiétante

Mon corps tremble encore. Je suis envahie par une immense tristesse et un sentiment de désespoir. Liam, *mon* Liam, a disparu. Je fais immédiatement le lien avec ce qu'il s'est passé à la supérette. J'ai été suivie plus d'une fois, ils m'ont surveillée pendant plusieurs jours… Ils ont trouvé mon point faible pour mieux nous attaquer. Julie me rapporte un verre d'eau, tandis qu'Anthony ferme la porte. Valentin, Gaspard, Héloïse et Marc nous ont rejoints dans le bureau de notre major.

— Liam Ronan, que nous avons interpellé avec la BRB, semble être séquestré, explique aussitôt notre supérieur.

Je leur montre la photo reçue sur mon smartphone et mes collègues comprennent que mon déchirement n'est pas uniquement d'ordre professionnel.

— Mégane, nous avons besoin de connaître tous les détails de votre relation.

Je me redresse et respire profondément. Je vais devoir tout leur avouer, c'est important, j'en suis consciente, mais je ne sais pas par où commencer.

— Nous avons rencontré Liam à L'Étoile Lounge Club lors de notre infiltration, m'aide Anthony en posant une main sur mon épaule.

— Comment avez-vous gardé contact ?

Mon partenaire me regarde, il me tend le flambeau. Il est temps pour moi de jouer cartes sur table. Ma poitrine se serre. La vie de Liam est en jeu.

— Je l'ai bousculé sur la piste de danse sans faire exprès. On a discuté et, afin de rester dans mon rôle, je l'ai laissé prendre mon téléphone pour y renseigner son numéro.

— Et ensuite ? insiste mon supérieur.

— Ensuite… nous… nous nous sommes revus. Jusqu'ici, il n'y avait rien de compliqué, on se fréquentait occasionnellement, et je souhaite préciser qu'Anthony n'était au courant de rien, mon commandant.

Il me fait signe de poursuivre, sans montrer la moindre expression d'indulgence. Mon supérieur hiérarchique m'en veut de lui avoir caché la vérité… Je continue mon récit :

— Puis, nous avons aidé la BRB et Liam a été interpellé. C'est à ce moment-là que les choses se sont corsées. Je ne voulais pas y croire quand je l'ai trouvé assis à cette table de poker ! J'étais loin d'imaginer qu'un tel scénario pouvait se produire. Il est devenu un suspect, j'ai donc immédiatement arrêté de le voir et je n'avais pas l'intention de renouer contact, mais…

— Mon commandant, Mégane est très professionnelle. Je suis certain qu'elle…

— Anthony, ne vous mêlez pas de cette histoire.

— C'est mon job de m'en mêler, de la défendre et de la protéger. C'est ma partenaire.

Les mâchoires serrées, les traits déformés, mon coéquipier perd patience. Je sais que son attitude est une séquelle de ce qu'il s'est passé avec Théodore. Il s'en veut de la mort de notre collègue et me surprotège. Un silence règne dans la pièce. Anthony ose s'imposer face à notre responsable et ce dernier fronce les sourcils.

— Le problème n'est pas là pour le moment, tente de l'apaiser notre major. Il faut absolument comprendre les enjeux de cette photo. Mégane, pour l'instant, vous restez sur l'affaire. Mais je vous préviens, au moindre déraillement de votre part, je vous renvoie chez vous.

— C'est noté, mon commandant.

— Je suppose que vous connaissez l'adresse de M. Ronan ?

J'approuve.

— Demandez un accord judiciaire, nous ordonne-t-il, et rendez-vous là-bas avec Anthony, Gaspard, Valentin et Julie : analysez chaque recoin, fouillez de fond en comble toutes les pièces. Héloïse et Marc, je veux un rapport des faits et gestes de M. Ronan ces vingt-quatre dernières heures, puis contactez sa famille et prenez des nouvelles de son ami, Maxime Canva.

Nous acquiesçons, j'enclenche mon mode *pilote automatique.* Il est temps de mettre mon cœur de côté et d'enfiler mon insigne.

Les quarante-huit premières heures sont cruciales dans une disparition inquiétante, c'est pour cette raison que nous devons passer au peigne fin l'appartement de Liam. Nous constatons dans un premier temps que la porte a été forcée avec beaucoup d'habileté.

— C'est des pros, relève Anthony.

Je rentre la première, lentement, nous sommes tous prêts à dégainer notre arme si nécessaire. Le domicile de Liam est cependant vide, nous devons donc sécuriser les lieux en prenant toutes nos précautions. Anthony et Gaspard interrogent les voisins, tandis que Valentin, Julie et moi analysons méticuleusement chaque détail. Rien ne nous alerte dans le salon, contrairement à la cuisine : Liam n'a pas débarrassé la vaisselle de notre petit-déjeuner.

— Ils sont entrés après que je suis partie, ce matin.

Je parle à haute voix, mes deux collègues se figent.

— Tu es en train de me dire que, sur une des tasses, il y a ton ADN ? demande Julie.

Je fais oui de la tête, elle esquisse un sourire compatissant.

— On va le retrouver, Meg.

— On n'a pas le choix. Je m'en voudrais toute ma vie.

Je contourne l'îlot central et repasse en boucle notre matinée :

— On s'est levés à 7 heures, on a mangé deux tartines chacun avec un café. À huit heures moins le quart, j'ai quitté l'appartement, Liam était encore à table. Il regardait ses mails sur son téléphone.

Je le revois me dire « À ce soir » avec un clin d'œil et un sourire craquant. Je l'ai embrassé tendrement sur les lèvres en lui murmurant qu'il ne devait pas trop s'habituer à me voir chez lui, car je souhaitais prendre mon temps dans cette relation. Je regrette de l'avoir fait, je n'aurais jamais dû le quitter ce matin…

Valentin se penche et trouve, sous un des tabourets hauts, le smartphone. Je ferme les yeux, prends une profonde inspiration. Puis Julie commence à récolter des pièces à conviction, tandis que Gaspard, Valentin, Anthony et moi-même scrutons les lieux. Je m'occupe de la chambre dans un premier temps. Rien à signaler. Tout est comme nous l'avons laissé… Le lit défait, les coussins au sol et la fenêtre entrouverte pour aérer « juste cinq minutes », d'après Liam. J'entends Valentin m'appeler et le rejoins aussitôt dans une pièce où je n'avais encore jamais mis les pieds. La chambre de son fils, Matéo.

— Son enfant était là ? me demande-t-il.

— Non. C'est la semaine de garde chez sa mère.

— Tant mieux, soupire-t-il.

Je découvre une petite chambre lumineuse, avec des meubles blancs, un gigantesque ours en peluche brun dans un coin et un tapis circuit de toutes les couleurs au milieu de cet espace chaleureux. Les jouets du petit garçon sont parfaitement rangés dans des meubles à caissons et je frissonne de peur quand mes yeux se posent sur le lit où une housse de couette Pat Patrouille me ramène à la réalité. Liam n'est pas seulement mon amant, c'est aussi un père, un fils et un frère. Mes lèvres se pincent, mes mains deviennent moites.

Nous sommes interrompus par Gaspard.

— Vous avez trouvé quelque chose ?

— Non, répond Valentin.

— Nous non plus. La victime devait être encore dans la cuisine.

Je serre les dents. Nous nous réunissons tous les cinq. Je résume à haute voix où nous en sommes dans notre perquisition sous ordre judiciaire :

— Ils se sont introduits dans le plus grand calme, la porte a été forcée, mais pas brutalement. Liam était toujours à table, il a été surpris.

— J'ai son téléphone, votre vaisselle, ainsi que plusieurs empreintes, ajoute notre scientifique.

— On scelle l'appartement et on retourne au bureau, conclut Anthony.

Gaspard et Valentin partent les premiers, Julie range sa mallette avec divers éléments à analyser et je jette un dernier regard dans l'appartement avant qu'Anthony ne le mette sous scellés, pour empêcher quiconque d'y pénétrer. Tout doit être maintenu en l'état. Mon corps frémit une énième fois, je suis déboussolée… Mon coéquipier pose une main dans mon dos puis me guide jusqu'à notre véhicule.

Notre retour à la BRI est très attendu par Héloïse et Marc qui n'ont pas chômé. Dans le cadre d'une disparition inquiétante, une enquête administrative doit être mise en place pour demander à tout organisme public ou privé l'accès à son fichier nominatif afin de rassembler tous les éléments permettant de localiser la personne. En cas de découverte d'indices démontrant le caractère préoccupant et suspect de la situation de l'individu en question, le procureur est informé. Dans notre affaire, Liam étant malencontreusement et indirectement lié à la mafia russe à cause de la partie clandestine de poker, cette procédure administrative est aussitôt enclenchée et le procureur tenu au courant. De plus, nos pouvoirs d'investigation nous permettent de réquisitionner une dizaine d'agents pour procéder à des perquisitions supplémentaires, consulter tout document utile ou encore essayer de récolter des témoignages. En plus de l'enquête judiciaire, nous saisissons le juge d'instruction en vue de rechercher la cause réelle de la disparition… Nous obtenons rapidement l'autorisation de mettre Yana Piotr sur écoute, ainsi que L'Étoile Lounge Club. Elle est notre seul espoir à ce jour. Puis, Héloïse nous informe qu'elle a également déclaré Liam dans le fichier des personnes disparues – document envoyé à l'ensemble des services de police et de gendarmerie et étendu à tous les pays de l'espace Schengen.

— Va te reposer, me suggère-t-elle à la fin de notre débrief.

— Oui, allez-y, Mégane, approuve le commandant Chaz. On vous tient au courant s'il y a du nouveau.

En temps normal, j'aurais continué mes recherches, mais je suis exténuée. À bout de forces. Je suis abattue, découragée, plongée dans un redoutable chagrin. Je balance la tête et peine à remercier ma brigade. Je range mes affaires, prends mon sac à main puis traverse le troisième étage de la BRI en retenant mes larmes. Dès que je m'installe dans ma voiture, j'explose. Je hurle de toutes mes forces, éclate en sanglots, frappe mon volant. Il est impossible de ne pas sombrer dans une colère noire. Je suffoque et ne contrôle plus mes nerfs ! Liam est séquestré par ma faute, j'en suis sûre et certaine. S'il lui arrive quoi que ce soit, je tuerai Vladislav de mes propres mains.

CHAPITRE 13

Une douleur sans nom

Il est 3 heures du matin et je ne dors toujours pas. Cela fait environ dix-neuf heures que Liam a été enlevé. Des sueurs froides me parcourent le corps, mon estomac est noué… Je tourne dans tous les sens dans mon lit, puis perds patience. Je me redresse, allume la lampe de chevet et me frotte les yeux. Mon réveil affiche 3 h 20. Je ne peux pas rester sans rien faire, je dois agir. Je me lève, enfile un gilet et me dirige vers la cuisine tout en prenant mon ordinateur portable au passage. J'ai besoin de mettre par écrit tout ce que je sais sur Vladislav, Yana, le club, Liam, le poker clandestin. Au bout d'une heure, j'ai un tableau complet d'indices et d'événements, mais peu de liens entre eux. Puis, le prénom de Maxime ressort. Liam ne m'a pas parlé de son ami, je soupçonne qu'il lui en veut de l'avoir entraîné dans un tel pétrin. Qui est Maxime Canva ? J'effectue quelques recherches sur Internet, en vain. Ensuite, je me connecte à notre base de données et ouvre son casier judiciaire : en plus de la partie de poker récente, je découvre quelques contraventions pour stationnement gênant et vitesse, rien d'alarmant. Je réfléchis, me prépare une tasse de café et cherche dans un de mes tiroirs du salon un vieux paquet de clopes que je planque sans raison apparente puisque je vis seule. J'attrape une cigarette et sors sur mon balcon. Je ne sais pas pour quel motif je le fais, car il est vrai que je fume très rarement – uniquement lorsque je suis perdue, face à une affaire qui m'empêche de dormir. Dix minutes plus tard, je finis mon café et prends une décision : j'irai voir Maxime avant de me rendre au bureau.

Il est 9 heures quand je sonne chez Maxime Canva. Il m'ouvre la porte de son studio parisien, les yeux bouffis, les cheveux en bataille. Il vient de se réveiller. *Parfait.*

— Bonjour, Maxime. Je peux entrer ?

Il écarquille les yeux et s'écarte.

— Je ne reste pas longtemps, j'ai besoin de vous parler.

— Vous avez des nouvelles de Liam ? demande-t-il.

— Non, je souhaite savoir si vous avez quelque chose à me dire.

Le jeune homme s'assoit sur son Clic-Clac et se frotte les paupières, déconcerté.

— Moi ? Je n'en sais rien, j'ai tout expliqué à votre collègue hier…

— Vous êtes certain que vous n'avez pas la moindre idée d'où il peut être ?

— Non ! s'énerve-t-il.

L'expression de son visage me frappe. Il est paniqué et il a pleuré. Probablement toute la nuit.

— Vous connaissiez les organisateurs de la partie de poker.

— Vous croyez que c'est lié ?

— Sûrement.

— Donc ce serait ma faute si…

Il n'arrive pas à finir sa phrase, rencontre des difficultés à respirer correctement. Je soupire.

— Je n'en sais rien. Et ça me rend dingue !

— Pourquoi ?

Je fronce les sourcils en réalisant que Liam ne lui a rien dit pour nous deux. Il a respecté l'une de mes règles et cela me fend le cœur…

— Parce que je le connais.

C'est au tour de Maxime de me dévisager, puis il semble saisir où je veux en venir.

— Oh ! Vous et lui… ?

— Ouais.

Il ouvre grands les yeux et regarde par la fenêtre.

— D'accord… Écoutez, je ne sais rien qui puisse vous aider dans vos recherches. Je ne dors plus, je réfléchis à ce qui a pu se passer. Je ne suis pas un saint, je l'avoue, mais… À part le poker, je n'ai pas d'autres activités illégales. Et je vous promets que je ne recommencerai pas.

J'essaye de le croire, toutefois quelque chose ne tourne pas rond dans cette histoire. Puis, je remarque que le jeune homme a une tête de mort sur l'avant-bras. Je le mémorise afin de rechercher dans notre base de données s'il n'est pas en lien avec une quelconque organisation criminelle. Je ne connais pas Maxime et, à ce stade, je me méfie de tout le monde.

Alors que je suis déjà en route pour la BRI, je reçois un texto d'Anthony m'annonçant qu'ils m'attendent pour faire le point en salle de réunion. Je réponds un simple « J'arrive dans dix minutes » et, quelques instants plus tard, je me gare dans le parking souterrain de la PJ. Je monte les escaliers de nos locaux et, dès que j'arrive au troisième étage, mes collègues se taisent. Ils me dévisagent, certains compatissent, d'autres me jugent. Je les ignore et me dirige vers la salle de conférence que m'a indiquée Anthony. Je salue mon équipe puis ferme la porte.

— Comment allez-vous ? me demande mon chef en croisant les bras.

Personne ne me fait la remarque que je suis en retard. Tant mieux, je serais capable de les envoyer paître.

— J'ai mal dormi.

J'évite de les regarder droit dans les yeux, je ne veux pas qu'ils sachent que je suis allée voir Maxime. Je pointe l'écran géant qu'ils ont allumé. Une carte de Paris, ainsi que plusieurs croix rouges et une photo de Liam y sont figées.

— On en est où ?

— Rien de nouveau pour l'instant, répond mon coéquipier. Strictement rien.

— Comment ça, « rien » ?

Il hausse les épaules et baisse la tête. Je me tourne vers notre informaticien.

— Marc ? Il n'y a pas de voiture suspecte ? Tu ne les vois pas emmener Liam hors de son immeuble ?

— Non, Mégane. Rien.

Je soupire et fais les cent pas.

— Il doit bien y avoir quelque chose.

— Ce sont des pros, ajoute Héloïse. Ils savent s'y prendre.

— Mégane, faites-vous confiance à cet homme ?

Je braque les yeux sur mon supérieur, sans comprendre où il veut en venir.

— Pardon ?

— Vous ne savez rien de Liam Ronan. D'après vos explications, vous ne vous fréquentiez que pour le…

Je l'interromps aussitôt :

— Avec tout le respect que je vous dois, mon commandant, je vous demande de ne pas terminer votre phrase. Ce que je fais pendant mon temps libre ne vous regarde pas.

— Si, justement ! hurle-t-il. À cause de vos conneries et de vos mensonges, nous en sommes là ! À chercher un homme qui vous a peut-être abordée uniquement dans le but de vous soustraire des informations ! Je vous croyais plus futée que ça, agent Santiago. Vous me décevez.

Je suis sur le choc. Ils pensent que Liam est dans le coup ? Je sors de mes gonds. Trop, c'est trop !

— Je vous déçois ? Moi ? C'est l'hôpital qui se fout de la charité !

— Mégane, je suis à deux doigts de vous…

— De quoi ?! De me retirer de l'enquête ? Allez-y, faites-le ! Vous savez très bien que je continuerai de mon côté ! Je vais le retrouver, avec ou sans votre aide ! À vos risques et périls. Sachez que, dans tous les cas, je ne baisserai pas les bras ! Je retrouverai cet homme et je prouverai son innocence. Je sais à qui j'ai affaire.

— Calmez-vous, intervient Anthony d'un ton sec. Tous les deux.

— Vous ne me donnez pas d'ordre, agent Brent ! s'exclame notre major. Mégane est irrespectueuse et…

— Oui, c'est vrai ! clame-t-il à son tour. Vous avez raison ! Elle vous manque de respect et vous êtes notre responsable. Mais cette histoire va trop loin ! Ils ont tué Théodore, bordel ! Ils ont l'amant de ma coéquipière ! Vous ne comprenez pas qu'ils veulent nous déstabiliser ? Vous ne voyez pas que si Mégane est mise sur la touche, nous serons encore plus faibles ? Imaginez un seul instant si c'était votre femme et que l'on vous disait qu'elle est dans le camp opposé. Imaginez ne serait-ce une seule seconde ce scénario. Vous abandonneriez ? Non ! Donc on va tous se calmer et s'entraider ! Point. Je ne permettrai pas qu'on ait une nouvelle perte dans l'équipe ou dans nos vies personnelles. J'ai confiance en ma partenaire, faites-moi confiance à votre tour, mon commandant. J'endosse toutes les responsabilités concernant cette enquête, et si nous avons tort, nous en assumerons les conséquences, tous les deux. Mégane et moi.

Un silence règne dans la pièce. Anthony a pris le contrôle de la situation en remettant à sa place notre commandant. Personne n'a cette audace, personne ne peut se permettre une telle autorité. L'homme peut le licencier en moins de deux secondes.

— Ressaisissons-nous, demande Julie d'une voix douce.

— Oui, ne nous précipitons pas, soutient Gaspard.

Valentin, Héloïse et Marc essayent également de calmer le jeu et je retiens mon souffle quand le commandant Chaz reprend la parole :

— Récapitulons depuis le début. Mégane, nous devons envisager l'hypothèse que Liam n'est pas blanc comme neige, jusqu'à preuve du contraire.

J'acquiesce :

— Vous avez raison, je suis désolée.

— Je vous excuse, mais vous n'avez plus de joker. Au moindre faux pas de votre part, je vous destitue.

— C'est noté.

— Anthony, quant à vous. J'admire votre rôle protecteur envers votre coéquipière, mais c'est la dernière fois que vous parlez plus fort que moi. Je suis et je resterai votre supérieur. Même si j'ai tort.

Mon partenaire respire profondément, puis approuve.

— Maintenant, au boulot, conclut-il d'une voix autoritaire. On ne lâche rien : on cherche Liam, mais on n'oublie pas de tout faire pour coincer Yana Piotr.

Nous nous soumettons à ses ordres et ne nous attardons pas sur ce qu'il vient de se produire. L'ambiance reste cependant tendue et la journée est interminable. Je remercie plusieurs fois Anthony d'assurer toujours mes arrières et je me retiens de m'emporter dès que l'on m'adresse la parole.

Où est-il, bon sang ? Liam n'a pas pu se volatiliser ! En fin d'après-midi, je rejoins Julie dans son laboratoire. Elle n'a pas plus d'éléments de son côté.

— Rentre chez toi, Mégane. Tu vas de nouveau exploser si tu continues à tourner en rond dans les bureaux.

— Tu as sûrement raison.

Je retourne à mon poste et informe mon coéquipier que je pars tôt. Il acquiesce d'un signe de tête, sans broncher. J'envoie un texto à mon frère, j'ai besoin de le voir.

Yohan a le double de mes clés, ce qui m'évite de me lever pour aller lui ouvrir. Il est 21 heures, il a fini sa journée. Je suis dans la cuisine, assise à table, vêtue d'un de mes vieux et confortables joggings. Je fixe mon café.

— Meg ?

— Je suis là.

À l'instant où il me rejoint, je lève le regard vers lui, les yeux gonflés et remplis d'amertume. Je lui adresse un faible sourire, me mords la lèvre inférieure pour retenir une nouvelle vague de sanglots. Il me prend aussitôt dans ses bras et je me laisse aller contre lui. Mon frère est un homme musclé, ancien boxeur amateur, alors, comme je suis beaucoup plus petite que lui, dès qu'il est près de moi, je me sens en sécurité. Yohan me protège depuis notre plus tendre enfance. Il attrape ensuite une chaise et s'installe en face de moi. Il me caresse le visage et chuchote :

— Tu peux me dire ce qu'il se passe ?

Je prends une profonde inspiration puis laisse finalement les larmes rouler sur mes joues.

— Je suis allée le voir, tu sais, après notre dimanche en famille. Il s'appelle Liam. Et il a été kidnappé.

Mon frère lâche un juron et me serre de nouveau contre lui en soupirant fortement.

— Je suis désolé, Meg.

Je m'autorise enfin à pleurer toutes les larmes de mon corps. J'en ai tellement besoin… Ma vie a basculé en si peu de temps, je me suis attachée pour la première fois à quelqu'un et on me l'a aussitôt retiré… Yohan me tient compagnie toute la soirée et essaye de m'assurer que tout va bien se finir, qu'il ne faut pas baisser les bras. Il a raison, mais j'ai l'impression que Vladislav et sa fille m'ont coupé les jambes et les bras. Ça ne peut être qu'eux, les coupables. Ma poitrine me fait mal, mon estomac me brûle, j'ai des nausées et une migraine insupportable.

— C'est une douleur sans nom, Yohan.

— Il y a un nom pour ça, sœurette, chuchote-t-il alors que nous sommes tous les deux allongés sur mon lit. Ça s'appelle l'amour.

— Tu crois ?

— Ouais. L'amour provoque ce genre de choses. Des sentiments très forts et positifs, mais aussi des sentiments négatifs encore plus intenses.

— Je ne savais pas que l'amour pouvait être quelque chose de si douloureux.

— Bienvenue au club. Il n'y a plus de doutes : tu l'aimes, Mégane.

Il a raison, c'est à présent une évidence. Je suis tombée amoureuse de Liam sans m'en rendre compte.

— Ouais. Ça doit être ça. Je veux le retrouver et le lui dire de vive voix.

— Bats-toi pour lui, alors.

J'acquiesce puis ferme les yeux. Je n'arriverai à m'endormir que s'il est là.

CHAPITRE 14

Vodka-orange

Lorsque j'arrive à la Brigade, le lendemain matin, Anthony est déjà à son poste. Il est concentré sur son écran d'ordinateur et sursaute quand je le salue :

— Bonjour.

— Oh ! Bonjour.

— Ça va ?

— Ouais, ça peut aller, râle-t-il. Je déteste quand on est bloqués comme ça sur une affaire. Et toi, tu as réussi à te reposer ?

— Mon frère est venu, j'ai dormi quelques heures. J'ai beaucoup réfléchi et j'en suis arrivée à la conclusion que je dois aller la voir.

Mon coéquipier se redresse en m'interrogeant du regard.

— Qui ça ?

— Yana Piotr. C'est elle.

Ma voix craque, mes jambes tremblotent, mes mains deviennent moites. Rien que d'en parler, mon corps réagit contre ma volonté…

— Mon intuition me dit que c'est elle qui séquestre Liam.

Anthony soupire, sans saisir ce sixième sens que nous

avons, nous, les femmes. Mais il ne cherche pas à comprendre et semble tout aussi désespéré.

— OK. De toute façon, on n'a rien de plus important à faire. Prévenons le commandant et équipons-nous. Il aura certainement une idée de comment l'aborder.

Dès que nous pénétrons dans le club, nous sommes frappés par l'ambiance. Une musique du folklore russe résonne dans cet espace habituellement bondé de jeunes lancés sur des rythmes de hip-hop, de R'n'B, de pop ou encore de *dance music*. Cet après-midi, Yana est toujours assise dans la zone VIP, avec son fiancé, Sacha. Un agent de sécurité surveille, au loin, et se lance aussitôt dans notre direction.

— Laisse, Dimitri.

L'homme à la carrure imposante obéit à sa maîtresse comme un chien parfaitement dressé. La propriétaire des lieux lève la main, claque des doigts et la musique s'arrête instantanément, comme par magie. J'ai envie d'éclater de rire tellement cette situation et son *pouvoir* m'agacent. Elle nous observe ensuite tout en sirotant un cocktail, tandis que son compagnon range plusieurs documents – et sûrement des photos – dans une grande enveloppe.

— Madame Piotr, bonjour, dit Anthony d'une voix posée et grave alors que nous grimpons les marches pour accéder à la zone privée. Je suis l'agent Brent et voici ma collègue…

— Mégane Santiago, l'interrompt-elle.

Je serre les poings, Anthony se raidit. La puissante, belle et élégante femme à la crinière blond platine ébauche un sourire.

— Tout à fait, reprend mon coéquipier. Je vois que vous êtes bien informée.

— Vous savez, répond-elle en nous faisant signe de nous asseoir en face d'elle sur deux tabourets bas, je suis dans l'obligation de me renseigner sur les gens à qui j'ai affaire.

— À qui vous avez affaire ?

Elle regarde son amant, ils échangent un sourire narquois.

— Nous sommes parfaitement au courant que vous détenez trois de nos employés.

— Employés ?

Je retiens toujours un rire, tout comme l'envie de lui balancer son verre à la figure. Elle nous prend pour des idiots.

— Parlez-vous de ceux qui ont participé à une partie de poker clandestine ? continue Anthony, imperturbable.

— C'est exact.

— Ils connaissaient les risques qu'ils couraient.

— Voyons, Anthony. Puis-je vous appeler Anthony ?

J'écarquille les yeux sans saisir si Yana nargue mon partenaire ou si elle essaye tout simplement de le séduire. Celui-ci rougit et j'interviens :

— Non, vous l'appelez « monsieur l'agent Brent ».

— Oh, votre coéquipière sort les crocs, rétorque la propriétaire des lieux en laissant échapper un petit rire.

Elle boit une gorgée de ce que je devine être un gin-tonic et je serre les dents.

— Je suis là pour ça, apparemment.

Yana décide de m'ignorer et poursuit :

— Comme je le disais, Anthony, nous savons pertinemment que vous ne détenez pas mes hommes pour cette partie de poker. Si c'était la véritable raison, les autres participants seraient derrière les barreaux, eux aussi.

Touché. Aucun de nous deux ne cligne des yeux, nous sourions. Elle veut jouer à ce jeu, très bien. Il est temps de passer aux provocations et je ne perds pas une seconde de plus :

— Dans ce cas, puisque vous savez à qui vous avez affaire, dites-nous pour quelle raison nous les détenons, madame Piotr. Nous sommes tout ouïe.

— Sacha, accompagne l'agent Brent dehors. Je souhaite discuter entre femmes.

— Je ne laisserai pas ma partenaire seule, réagit Anthony.

L'adrénaline monte en puissance dans mon corps et mon pouls s'accélère. Je suis venue pour ça. Pour lui parler en *privé.*

— Vas-y. Ce ne sera pas long.

Je fixe mon coéquipier droit dans les yeux, en le suppliant silencieusement de me faire confiance.

— Mégane…

— Vas-y.

J'insiste et, après quelques secondes d'hésitation, il se lève et part avec le futur gendre de Vladislav.

— Comment va ton père ?

Ma question surprend Yana, certainement à cause de mon tutoiement. Elle se trompe : elle ne sait pas à qui elle a affaire. Je n'aurai aucun scrupule à sortir mon arme s'il le faut pour qu'elle me dise où est Liam.

— Tu viens de commettre une grave erreur en envoyant mon collègue dehors. Plus rien n'est officiel dans notre conversation, donc écoute-moi bien, ma belle : ton père est une pourriture et tu ne vaux pas mieux.

— Après les crocs, tu sors les griffes ! Une femme de

caractère, j'aime ça.

Le ton a changé dans les deux camps, je ne suis plus un agent de la BRI, mais une amante folle de rage.

— Par où veux-tu que je commence ? Quel genre de trafic est le plus rentable ? Armes, drogue ou blanchiment ? Tu préfères peut-être que je mentionne les cadavres dont vous vous débarrassez autour du club avec vos tatouages de hyène ?

— Je ne vois pas de quoi tu parles.

Je balance ma tête avec nonchalance et, tout à coup, une idée me passe par l'esprit :

— Tu as un sous-sol ?

Ma question est purement le fruit du hasard, mais je touche en plein dans le mille. Yana se crispe, plisse les yeux et le sang lui monte au visage. *On y est enfin.*

— Fais attention à toi, réplique-t-elle, je peux supprimer de la carte ta vodka-orange en un claquement de doigts.

J'ai exactement ce que je voulais : l'agacer au point qu'elle évoque elle-même Liam. Elle le détient, mon intuition était la bonne.

— Nous y voilà. C'est toi. C'est ce que je souhaitais savoir.

Yana fronce les sourcils en réalisant le piège que je lui ai tendu.

— Qu'est-ce que tu veux en échange ? enchaîné-je.

— Qui te dit que je désire quelque chose en retour ?

— Personne ne séquestre le petit ami d'un flic sans avoir un plan. Crache le morceau pour qu'on trouve un deal.

— Vois-tu, Mégane, c'est moi qui détiens ton homme. C'est donc moi qui annonce quand et où. Tu me manges dans la main à présent.

Elle n'a pas tort, mais je ne me laisse pas abattre.

— Et nous, on a trois de tes « employés » qui ont commencé à tout balancer. Sinon tu crois vraiment qu'on serait venus perdre notre temps ici ?

Le bluff est toujours un terrain dangereux et nous sommes vraiment dans une situation du genre « ça passe ou ça casse ». Je constate avec satisfaction que les traits du visage *botoxé* de la jeune femme se ferment. Je ne plaisante pas, elle non plus.

— Trois cent mille euros et mes trois hommes dehors.

— Cinquante mille euros et un homme dehors.

— Cent cinquante mille euros et deux hommes dehors.

— OK pour les cent cinquante mille euros, mais un seul homme dehors et tu choisis lequel.

La fille de Vladislav me fixe pendant quelques instants. Je ne baisse pas le regard, ne cligne pas des yeux, elle finit par céder :

— Très bien.

— En revanche, prouve-moi qu'il est en vie.

Elle part dans un rire diabolique et refuse.

— Si tu ne le fais pas, il n'y aura pas d'accord et je continuerai à creuser jusqu'à trouver le moyen de fermer le joli club parisien que papa t'a offert.

La moutarde lui monte au nez, mais je ne capitule pas :

— Je suis certaine qu'il y a d'innombrables inspections à saisir. Le plus drôle, c'est que je ferai tout dans la légalité, contrairement à toi.

Elle prend son portable violemment puis appelle un de ses contacts. Elle échange en russe quelques instants, puis me tend le téléphone. Je le porte à l'oreille, mais n'entends rien.

— Liam ?

Mon pouls accélère, je reste sur mes gardes tout en ayant

l'œil sur Yana et notre environnement. J'entends ensuite un souffle court et irrégulier. Puis, je perçois un murmure :

— Vodka… Orange…

Mon cœur se serre, c'est bel et bien lui ! Je serais capable de reconnaître le timbre de sa voix parmi des centaines. J'ai envie de lui dire tellement de choses, mais ce n'est clairement pas le moment. Je ne veux pas qu'il souffre et je vais droit au but :

— Je te retrouverai.

— Je… t'attends…

Yana m'arrache le téléphone des mains.

— Tu m'écœures, grimace-t-elle.

Je braque mes yeux sur elle et attends la suite de ses instructions.

— Dans deux jours, je t'enverrai une adresse. On fera l'échange.

— Très bien.

Je feins de la croire, me lève puis tourne les talons. Je croise Sacha qui revient et, lorsque je sors, je prends une bouffée d'air frais. L'adrénaline redescend et fait de nouveau place à la colère. J'accélère le pas pour rejoindre Anthony dans notre véhicule.

— Tu as entendu ?

— Oui.

Il démarre et, au bout de quelques minutes, je retire une mini-caméra dissimulée dans ma veste. Nous étions tous les deux équipés, c'est pour cette raison que rester seule avec la fille de Vladislav n'était pas imprudent de ma part. Ces images nous permettront d'analyser le comportement de Yana et les lieux plus en détail.

— T'es au courant qu'elle ne fera pas l'échange ? C'est un piège.

— Je sais, Anthony. Ce serait trop facile. Pour récupérer Liam, on doit aller le sauver par nous-mêmes et ne pas attendre qu'on nous le rende sur un plateau d'argent.

CHAPITRE 15

Un mauvais rêve

Mon corps est agité par un spasme de douleur. Je tente de relever la tête, en vain. Où suis-je ? Que se passe-t-il ? Je suis allongé sur le ventre, le sol est humide et caillouteux, je suis frigorifié. Mes mains sont attachées dans mon dos par des liens très fins, mais que je devine en plastique rigide et tranchant si je force dessus… Je roule sur le côté, me tordant de douleur. Mes épaules et mes côtes me font mal. Mes jambes tremblent. Mon corps est courbaturé de la tête aux pieds…

J'ouvre difficilement les paupières et constate rapidement que je suis dans un hangar abandonné. Une odeur de moisi et de poussière, répugnante, me gratte la gorge. Je tousse et un long écho se fait entendre. Je me crois dans un film dramatique ou dans un mauvais rêve. Mes pieds sont également ligotés, il est donc impossible pour moi de me mettre debout.

D'après les rayons du soleil qui passent à travers les vitres cassées et les chants des oiseaux, j'imagine que nous sommes en fin d'après-midi. Aucun bruit de voitures ou d'autres moyens de transport dans les parages. Quel que soit cet endroit, je suis certain d'être assez éloigné de la population et que personne ne m'entendra, même si je hurle de toutes mes forces. J'essaye de me souvenir comment je suis arrivé ici. Quel est mon dernier souvenir, au juste ? Ma cuisine. Mon café. Mes mails. Mégane qui vient de partir. Deux hommes masqués qui font irruption chez moi.

Je comprends à cet instant que l'on m'a enlevé. Tout à coup, un objet métallique semble se fracasser par terre puis une lourde porte rouillée s'ouvre à l'autre bout du bâtiment. Je perçois ensuite des pas, mon rythme cardiaque accélère. Une silhouette apparaît, puis se rapproche… Un homme au regard perçant m'observe derrière une cagoule noire où est imprimée dessus une tête de hyène orange ; je devine un sourire satisfait se dessiner à travers le tissu. Il est tout vêtu de noir – tee-shirt à manches longues, jean et chaussures de ville. Sa stature est imposante, ses mains rugueuses. J'avale difficilement ma salive et tente d'articuler :

— Que… me voulez-vous ?

— Bonsoir, Liam.

Je retiens mon souffle. Il sait qui je suis, il ne s'est donc pas trompé de victime.

— Si tu fais tout ce que je te dis, tu sortiras d'ici vivant.

Je réalise sur le coup que son objectif n'est pas de me tuer, mais bel et bien de me garder en vie. Mon ravisseur a besoin de moi.

Je n'ai plus la notion du temps, je ne sais même plus quel jour on est. J'ai abandonné l'idée de parler avec mon kidnappeur ou de comprendre ce qu'il attend de moi au juste. Le scénario de mourir ici me hante, mais je dois me battre. Pour mon fils. Pour Mégane. J'ai rêvé d'elle, elle promettait de me retrouver. Je ne suis plus triste, apeuré ou fatigué. Je suis à présent en colère. Je me comporte comme un idiot et ce n'est certainement pas de cette façon que je sortirai vivant de ce hangar. Je dois changer de stratégie.

L'homme qui me retient ici est parti depuis un moment, mais d'après mes calculs, j'ai encore le temps. Dès qu'il s'absente, il en a pour plusieurs heures. J'essaye de me détendre, un muscle après l'autre. Je prends une profonde inspiration et pense aux cours de méditation que mon ex-compagne m'obligeait à suivre. Je m'allonge sur le dos afin de me mettre le plus à l'aise possible malgré la situation. Je ferme les yeux et tente de me vider la tête pour avoir une concentration maximale. Je me focalise uniquement sur ma respiration et, dès qu'une pensée survient, je la chasse pour revenir sur mon souffle. Cependant, mon esprit est très actif, il me faut donc quelques minutes pour me calmer et réussir à me concentrer sur les différentes parties de mon corps. Mes muscles endoloris se décontractent ensuite peu à peu, j'analyse les liens autour de mes poignets et de mes chevilles. Celui noué à mes pieds semble plus détendu, il y a moyen de m'en libérer. Je balaye le hangar des yeux, à la recherche de quelque chose de tranchant.

Soudain, une idée me traverse l'esprit ! Si les fenêtres sont cassées, il doit y avoir du verre par terre… Je roule, rampe jusqu'à la vitre la plus proche et mon cœur explose d'espoir dès que mon regard se pose sur les éclats à même le sol ! Comment ne pas y avoir pensé plus tôt ? Je me démène, me retourne et recule, jusqu'à ce que mes mains, derrière mon dos, saisissent un de ces morceaux. Je me concentre et commence à scier tant bien que mal le plastique qui retient mes poignets.

Faites qu'il ne revienne pas tout de suite… Je peine à sectionner le lien, me coupe plusieurs fois, mais je ne baisse pas les bras. J'y arriverai, coûte que coûte. Je ne mourrai pas ici ! Tout à coup, mes mains se séparent ! J'ai du mal à y croire, mais je me ressaisis rapidement… Je ramène mes bras engourdis devant moi et constate que je suis libre. Je suis libre, libre, libre. Je coupe ensuite le lien à mes pieds et me mets debout. Mes jambes vacillent, je rencontre des difficultés à retrouver mon équilibre, mais je n'ai pas de temps à perdre ! Le cœur battant, j'avance au pas de course, trébuchant plusieurs fois jusqu'à l'unique issue du bâtiment. J'écoute attentivement, à la recherche du moindre signe de vie de l'autre côté du mur. Rien. Je n'entends absolument rien. Je pose ma main tremblante sur la poignée en fer et l'ouvre doucement. La porte rouillée grince et je dois malheureusement forcer pour l'amener vers moi. Je passe ensuite lentement la tête dans l'encadrement, quand soudain, une main me saisit la nuque.

— Je te croyais plus malin que ça, Liam. Tu me déçois.

La voix froide et rauque de mon ravisseur me glace, je m'écroule au sol après avoir reçu un énorme coup dans les côtes. Il me couvre aussitôt la bouche d'un mouchoir infect puis une odeur chimique m'endort sans même me laisser le temps de me défendre ou de réagir.

CHAPITRE 16

L'échange

Notre visite à L'Étoile Lounge Club fait du bruit au troisième étage de la BRI. En effet, tous nos collègues sont au courant et nous offrent leur aide et leur expérience dans l'intention de nous préparer au mieux pour ledit échange avec Yana. Se joignent ainsi temporairement à notre brigade Victor, un de nos tireurs d'élite, de même que Manon et Adrien, spécialisés dans les techniques de surveillance et d'écoute. Nous nous réunissons dans la grande salle de conférence, afin de mettre en place notre stratégie.

— Marc, as-tu réussi à tracer l'appel où j'ai pu parler à Liam ?

— Oui et non. Il a été localisé hors de Paris, mais je ne sais pas exactement où. Une chose est sûre, c'est dans la banlieue nord de la capitale. L'appel était trop court pour repérer avec précision le destinataire.

Je soupire, Anthony fronce les sourcils.

— Il y a un truc que je ne comprends pas : Yana a réagi quand tu as parlé du sous-sol…

— Oui, mais je ne pense pas trouver une piste sur place. Ce serait trop risqué, en tout cas pour Liam.

— Moi non plus, me soutient le commandant Chaz. Oublions un moment le club et Vladislav, concentrons-nous sur cette disparition. Cet échange aura lieu dans un contexte très dangereux, nous avons directement affaire à la fille du Parrain. Nous devons envisager tous les scénarios possibles et avoir un plan pour chacun d'eux.

L'homme d'une soixantaine d'années se retourne ensuite vers moi :

— Dès que vous avez les informations concernant le lieu et le détenu que Yana Piotr souhaite voir dehors, tenez-moi au courant, Mégane.

— Je n'y manquerai pas, mon commandant.

Nous travaillons de longues heures, tentons de prévoir chaque hypothèse et chaque réponse de la part de la criminelle et, alors que je m'apprête à partir, en fin de journée, je sens mon téléphone vibrer. Je reçois une série de chiffres et de lettres, envoyée par un numéro inconnu. Je vais aussitôt voir Marc puis lui tends mon smartphone. Il comprend en un coup d'œil ce que cela représente et saisit sur son clavier les informations. Un plan apparaît sur son écran, nous le fixons quelques secondes et échangeons un regard inquiet. Je lui fais ensuite signe de me suivre dans le bureau de notre major. Je frappe à la porte, nous entrons dès que notre chef nous y invite.

— Mon commandant, j'ai reçu ces coordonnées GPS. Marc a établi qu'il s'agit de la forêt domaniale de Carnelle, dans le Val-d'Oise. Ils ont choisi un lieu isolé, le rendez-vous est fixé pour demain, 15 heures. Des trois hommes que nous détenons, ils souhaitent récupérer Anton.

— Très bien. J'en informe le parquet.

Mon cœur se crispe, j'ai soudain une forte douleur à la tête.

Vais-je retrouver Liam dans moins de vingt-quatre heures ? De toute évidence, les prochaines heures seront les plus longues de toute ma carrière.

Le lendemain, après une nuit blanche et une matinée à tourner en rond dans les locaux de la police judiciaire, c'est avec deux véhicules d'intervention rapide – soit deux Renault Mégane III sportives –, que nous nous rendons sur le lieu de l'échange, peu après 14 heures. Équipés de la tête aux pieds, nous portons tous notre tenue noire spéciale intervention – pantalon et bottines très résistants, blouson avec l'étiquette BRI au dos, gilet pare-balles, genouillères, gants, ainsi que des casques et cagoules, sauf pour Anthony, le commandant Chaz et moi-même.

Un policier de la BRI est toujours lourdement armé, quelle que soit l'intervention et, en plus de nos pistolets, fusils d'assaut et pistolets-mitrailleurs, nous avons, dans un des véhicules, nos fusils à pompe, fusils semi-automatiques, un Flash-Ball et un fusil à impulsion électrique. C'est le trajet le plus long et le plus stressant de toutes les missions que j'ai pu faire jusqu'à ce jour. J'ai espoir de revoir Liam… Mais je me prépare à ce que Yana Piotr nous dupe. Aucune mafia au monde ne collabore aussi facilement avec les autorités.

Aucun de mes collègues ne parle et le commandant Chaz récapitule nos différentes stratégies :

— Quoi qu'il arrive, Mégane, ne me faites pas regretter de vous avoir gardée sur cette affaire.

— J'essayerai de ne pas vous décevoir, mon commandant.

Il me jette un coup d'œil à travers le rétroviseur et je lui offre un sourire crispé. J'inspire et expire profondément afin de calmer mon angoisse face à cet échange.

Lorsque nous nous engageons dans la forêt, une vingtaine de minutes plus tard, un SUV de luxe Land Rover noir, aux vitres bien évidemment teintées, nous attend déjà sur place. Un homme est accoudé au niveau du capot, je reconnais Dimitri. Nous nous garons puis, au moment où nous sortons, lentement, le garde du corps de Yana se redresse et nous montre également son artillerie. L'adrénaline commence à monter progressivement. Victor, notre sniper, est caché dans les parages, son fusil de précision pointé dans notre direction, tandis que Manon et Adrien nous surveillent et nous écoutent depuis un véhicule blindé, à quelques kilomètres. Nous sommes prêts pour n'importe quel scénario. Puis, les deux portes arrière du SUV s'ouvrent et nous attendons, concentrés sur chaque détail, au cas où nous devrions réagir face à un danger. La fille de Vladislav sort d'un côté, son fiancé Sacha de l'autre.

— Anthony, Mégane. Quel plaisir de vous revoir !

— Madame Piotr, je suis le commandant Chaz. Mes agents m'ont informé de l'échange convenu. Je vais vous expliquer comment nous allons…

— Ta-ta-ta, l'interrompt Yana en levant une main pour le faire taire. Vous n'allez rien du tout. Je suis le leader, ne l'oubliez pas.

— Vous n'êtes rien du tout, espèce de…

— Anthony ! le reprend notre major.

Le sang me monte au visage, je comprends parfaitement la réaction de mon coéquipier, je suis moi-même prête à sauter sur la blonde et je pose la main sur l'étui de mon arme. Je revois cependant l'image de Liam et me calme. *Sa vie est en jeu, Mégane. Contrôle tes impulsions.*

— Où est M. Ronan ? demande notre supérieur.

— Où sont mon homme et l'argent ? rétorque Yana.

Le commandant fait un geste à Valentin et, avec Gaspar, ils sortent Anton d'un de nos véhicules. Yana sourit à pleines dents, satisfaite de notre accord.

— Envoyez-le-nous, ordonne Sacha.

— Montrez-nous de votre côté l'otage, grince Anthony.

La femme à la crinière blond platine fait non de la tête et Dimitri pose une main sur son arme. Nous dégainons instinctivement les nôtres dans leur direction et je laisse échapper un rire nerveux :

— Yana, tu crois sérieusement que vous avez une chance ?

— Mégane, tu es certaine que tu veux le revoir ? Est-ce que tu t'es demandé s'il est réellement digne de confiance ?

Ses yeux s'attardent sur moi comme un serpent cherchant à hypnotiser sa proie. Ma respiration s'affole et je m'efforce de contrôler mes mains pour les empêcher de trembler. J'ignore ses propos.

— Dis à ton homme de ne plus bouger, ça risque de mal tourner.

— Touche-nous et mon père prendra le relais. Il vous éliminera un à un, en commençant par ton cher et tendre Liam.

À cet instant, je réalise qu'il n'est pas là. Elle ne l'a pas amené. Je suis envahie par une vague de tristesse, mon nez picote, mes yeux s'humidifient. Puis, je me ressaisis. Je ne peux pas laisser mes émotions prendre le dessus !

— Libérez le détenu, ordonne notre supérieur.

Je fixe mon commandant et feins de ne pas être d'accord. Le plan B est enclenché. En effet, si Liam n'est pas là pour l'échange, Yana ne doit pas soupçonner que nous voulons absolument qu'elle récupère son fidèle serviteur, Anton. Gaspard et Valentin font mine de froncer les sourcils en regardant notre chef et enlèvent les menottes du détenu, qui court ensuite vers sa patronne. Celle-ci l'accueille dans ses bras, puis nous scrute de nouveau, radieuse :

— Il ne manque plus que l'argent.

Anthony va chercher un sac rempli de liasses traçables, à l'arrière de notre deuxième véhicule.

— Nous balancerons le paquet quand M. Ronan sera de notre côté, explique notre major.

Yana échange un regard avec son fiancé, ils semblent se comprendre et prennent une décision en silence.

— Ce n'est pas la peine. On se contentera de notre homme.

Mon sang se glace et je ne me retiens pas :

— Yana ! Qu'est-ce que tu fous ? C'est censé être donnant-donnant !

— Calmez-vous, Mégane, réagit le commandant Chaz.

— On rentre, annonce Sacha.

Je serre les doigts autour de mon arme et dirige le canon vers la fille de Vladislav. Elle rit aux éclats :

— Vas-y, fais-toi plaisir.

— Je te poursuivrai jusqu'à ce que je le retrouve.

Mes jambes tremblent, mon rythme cardiaque accélère. Puis je sens une main se poser sur mon épaule. Gaspard me murmure que tout va bien se passer et, de l'autre main, baisse mon arme. Yana en profite pour rentrer dans son SUV avec son fiancé, son garde du corps et son larbin. Le Land Rover démarre au quart de tour, fait un virage serré dans les bois, provoquant un nuage de poussière et je cours quelques mètres avec Anthony derrière le véhicule. Quand celui-ci disparaît dans la forêt, nous nous dévisageons, un sourire vainqueur sur les lèvres. Yana Piotr pense nous avoir dupés, mais le sort s'est retourné contre elle. Le détenu, que nous avons gentiment relâché, est équipé d'une micropuce au niveau du poignet, que nous avons insérée sous sa peau sans qu'il s'en rende compte lors d'une supposée prise de sang. Ce GPS fonctionnera soixante-douze heures uniquement, mais grâce à cette technique approuvée par le parquet pour cette mission, nous allons connaître le parcours du criminel et les différents lieux où se réunissent les membres de la mafia russe dans la capitale. J'espère sincèrement arriver à temps pour sauver Liam. Et m'assurer qu'il est digne de confiance.

CHAPITRE 17

Faire confiance

En ce vendredi matin, je suis exténuée. Liam est retenu par Yana depuis quatre jours et j'implore l'univers pour que le GPS au poignet d'Anton nous mène quelque part. Il est 9 heures, j'en suis déjà à mon troisième café et je suis en pleine discussion avec Julie, lorsqu'Anthony vient me chercher à mon poste.

— La famille de Liam est là.

Un nœud se forme dans ma gorge. Je ne m'imaginais pas il y a quelques semaines rencontrer ses parents, encore moins dans ce contexte. Je prends une profonde inspiration, réajuste ma carapace et serre l'insigne accroché à ma taille pour me donner la force de les affronter. Julie me fait un clin d'œil puis saisit l'une de mes mains dans les siennes pour m'encourager. Je me focalise sur l'agent Santiago et verrouille Mégane dans un coin de ma tête. J'emboîte le pas d'Anthony jusqu'au bureau du commandant Chaz.

Dès que je franchis le pas de la porte, la ressemblance entre Liam et son père me poignarde en plein estomac. *Concentre-toi, reste professionnelle.* Je serre les mains de ses parents ainsi que de son frère, Will. Ils se ressemblent également, ils ont presque le même regard, les mêmes fossettes, la même coupe de cheveux…

Will est cependant plus âgé et moins charmant. Liam a quelque chose de spécial qui me rend dingue de lui… *Mégane, respire. Ne divague pas.* L'expression que je lis sur les visages des trois membres de sa famille est dépourvue de tout espoir, ils sont brisés, effondrés.

— Je vous présente les deux agents responsables de l'enquête, Anthony Brent et Mégane Santiago.

— Bonjour, les salue mon collègue.

Je suis incapable de formuler le moindre mot, j'avale difficilement ma salive. Ma gorge est sèche, j'ai un coup de chaud.

— Mégane ? m'interpelle Will en me fixant.

Je suis surprise qu'il m'appelle par mon prénom et fais oui de la tête en fronçant les sourcils.

— Liam nous a parlé de vous, avec toute cette histoire concernant la partie de poker clandestine dans laquelle Maxime l'a embarqué.

Je ne m'attendais pas à ce qu'ils soient au courant de mon existence. Mais que savent-ils au juste ?

— Vous et lui, vous êtes plus que des amis, n'est-ce pas ? m'interroge son père.

— C'est exact, monsieur.

— Il nous a dit que vous avez tout fait pour l'innocenter, sanglote Mme Ronan.

— Et nous ferons tout pour le retrouver. Je vous le promets.

Ma voix craque d'émotion, je me racle la gorge.

— Que savez-vous au juste de la disparition de notre fils ? Est-ce en lien avec le poker ?

Je dévie le regard, le commandant Chaz prend la parole :

— Cela se peut, effectivement, me protège mon supérieur. Des membres de la mafia russe étaient présents, donc nous supposons que c'est lié. Mais nous n'avons aucune certitude, l'objectif premier étant de le retrouver le plus rapidement possible.

— Le plus rapidement possible ? s'exclame sa mère. Mon fils est porté disparu depuis quatre-vingt-seize heures !

— Calme-toi, maman, la réconforte Will, tout aussi désemparé. Je suis certain qu'ils font de leur mieux.

— Madame Ronan, je peux vous garantir que nous déployons tous les moyens à notre disposition. Une trentaine d'agents sont mobilisés sur cet enlèvement, dont ma brigade.

— Nous ne pouvons que vous faire confiance, rétorque le père de Liam. Nous n'avons pas le choix, la vie de notre fils est entre vos mains.

L'émotion prend le dessus et mes yeux s'humidifient.

— Je vous prie de m'excuser.

Je sors du bureau et bats plusieurs fois des cils pour empêcher les larmes de s'échapper et couler le long de mes joues. Julie et Héloïse me remarquent, elles m'emmènent aussitôt dans les vestiaires. La pression et l'angoisse de ne plus revoir Liam par ma faute sont telles que je me laisse tomber par terre. Je ne peux finalement plus me retenir de pleurer toutes les larmes de mon corps.

Confiance.

Les parents et le frère de Liam nous font confiance. Ce

sentiment d'être le seul espoir d'une famille est normalement une responsabilité que nous endossons avec fierté. Mais cette fois-ci, tout est différent. J'aime Liam. Je ne cesse de me répéter à quel point la vie est injuste. Pourquoi lui ? Pourquoi maintenant ? Je m'engageais dans une relation, et voilà qu'on me le retire de la pire façon qui soit pour un agent de police. La séquestration d'un proche est ce que nous redoutons le plus, l'ultime cauchemar qui puisse nous arriver. Nous enquêtons sur des crimes atroces au quotidien, nous côtoyons des cadavres et des victimes tous les jours, nous savons pertinemment de quoi l'être humain est capable… La torture, le meurtre, le chantage, la vengeance, les représailles. Le cas Vladislav a pris une tournure que j'étais loin d'imaginer. Non seulement notre brigade a perdu un excellent agent, Théodore Martin, mais voilà que l'organisation criminelle s'attaque dorénavant à nos vies personnelles. Je suis soudainement très inquiète concernant mon frère et sa famille. Mes parents vivant en Espagne, je ne les appellerai pas pour ne pas les inquiéter. Mais Yohan doit rester sur ses gardes. Je prends ainsi une pause en milieu d'après-midi et l'appelle.

— Comment vas-tu, sœurette ? me demande-t-il d'une voix calme et posée.

— Salut.

— Liam est toujours porté disparu ?

Il soupire, je ferme les yeux.

— Ouais. Je te dérange ?

— Pas du tout, je pars pour l'hôpital. Je suis de garde ce soir.

— OK, de toute façon, je ne t'embête pas longtemps. Je veux uniquement m'assurer que tu vas bien, ainsi que Vanessa et les enfants.

— Bien sûr que ça va, ne t'en fais pas.

— Si, justement. Tu dois rester prudent. Dis à ta femme de faire attention, préviens peut-être l'école de Julien et Alice.

— Mégane…, souffle-t-il.

— Je suis sérieuse. On ne sait jamais. Promets-moi que tu feras attention, toi aussi.

— Je te le promets, mais n'oublie pas que rien de tout ça n'est ta faute. Vous avez une piste sur l'endroit où il peut être ?

— Non. Plus les heures passent, plus il y a de chances qu'on ne puisse pas…

— Stop ! s'exclame-t-il. Bats-toi ! Je ne te reconnais pas, Meg !

— C'est la première fois que…

— Que quoi ? Que ton petit ami est séquestré ? Oui, mais malheureusement, ce n'est pas la première fois que ça arrive dans vos brigades. Vous combattez tous les jours le grand banditisme de la capitale, ce sont les risques du métier. Ressaisis-toi, ne pense pas à nous, mais à lui. Concentre toute ton énergie pour le retrouver. Bouge-toi le cul, Mégane ! Je te vois venir, tu commences à baisser les bras, chose que tu ne fais jamais dans ton boulot.

Il a raison et j'ai besoin qu'il me secoue dans tous les sens pour me rebooster. Mon frère me connaît par cœur.

— Merci.

— De rien, c'est toujours un plaisir de t'engueuler.

Je l'entends sourire et j'en fais de même.

— J'ai hâte que tu me le présentes.

— Moi aussi, j'ai hâte, frangin. Bon courage pour ta garde.

— Bon courage à toi. Je t'aime.

Mon frère raccroche avant même que je lui dise que je l'aime également. Il l'a sûrement fait, car il sait que j'aurais fondu en larmes. Je retourne auprès de Marc, Anthony, Héloïse, Valentin et Gaspard afin de continuer à pister Anton. Jusqu'ici, le mafieux restait chez lui, mais il commence à se promener dans Paris. Nous devons noter et analyser chaque détail, vérifier les caméras de surveillance et identifier chaque personne avec qui il échange.

Nous y arriverons, nous retrouverons Liam. Coûte que coûte.

Le soir, après avoir dîné quelque chose de rapide, je me couche, mais ne trouve pas le sommeil. J'allume la télé, mais au bout de deux heures, j'ai toujours les yeux grands ouverts. Cette semaine, j'ai dormi maximum quatre heures par nuit… Je suis épuisée, mais mon cerveau fonctionne *non-stop*. Dès que je ferme les paupières, je me revois lui dire au revoir, ce fameux lundi matin, je repasse en boucle tous nos indices et nos discussions avec Yana. Quelque chose m'a sûrement échappé. La dernière fois que je consulte l'heure, il est trois heures et quart. Puis, mon téléphone sonne avant même que le soleil se lève. Je me jette dessus et constate qu'Anthony m'appelle. Il est 5 h 37. Je réponds aussitôt :

— Qu'est-ce qu'il se passe ?

— On a un corps dans une forêt, Mégane. Je m'habille, on se retrouve là-bas. Je t'envoie l'adresse par message.

— Homme ou femme ?

— Un homme. Brun, pas encore la trentaine. Dépêche-toi.

Mon cœur s'arrête, mon monde s'écroule. Pas Liam. Faites que ce ne soit pas Liam.

CHAPITRE 18

Un cadavre dans la forêt

Dès que j'arrive sur les lieux, je me précipite hors de mon véhicule. Le corps a été retrouvé dans le Bois de Vincennes et la police du 12e arrondissement essaye de m'empêcher d'avancer. Je leur montre mon badge, n'attends même pas leur accord pour passer sous les rubalises de sécurité jaune et noir. J'aperçois au loin Anthony, à côté du commandant Chaz, et cours dans leur direction. Mon coéquipier me remarque et se dirige vers moi. Lorsqu'il arrive à ma rencontre, il me retient en me prenant dans ses bras.

— Ce n'est pas lui, Mégane. Ce n'est pas lui.

— J'ai besoin de le voir de mes propres yeux.

Mon souffle est court, mon cœur bat à cent à l'heure, j'ai des bouffées de chaleur intenses.

— OK, calme-toi. Ce n'est pas Liam, mais on connaît quand même la victime.

Je le fixe, le pousse puis me libère de ses grands bras. Simon, l'un des techniciens scientifiques de la police judiciaire, est déjà sur place. Il a commencé à installer des lots numérotés de marquage jaune sur différents éléments à photographier et à envoyer pour analyse au laboratoire. Je ne salue même pas notre commandant qui supervise son travail, mais les contourne pour me pencher au-dessus du corps. Je retiens mon souffle, prends sur moi pour ne pas tomber à genoux. Le cadavre du jeune homme est défiguré et a été sauvagement amoché, comme toutes les autres victimes sur cette affaire. Ses vêtements sont déchirés et très sales, comme s'il avait été traîné dans toute la forêt… Ses jambes sont droites et écartées, et les angles anormaux que forment ses coudes ne laissent aucun doute quant à la torture qu'il a subie. La victime a sûrement des côtes cassées aussi. J'enfile un gant, prends une petite branche au sol, non loin du corps, m'accroupis et remonte les manches du cadavre sur ses avant-bras. Je laisse échapper un léger cri de surprise. Ce n'est pas Liam… Mais c'est Maxime Canva. Je reconnais la tête de mort désormais déformée par les blessures. Il ne me reste plus qu'à vérifier un détail… Je soulève le tissu au niveau du nombril. Un tatouage éphémère de la hyène des Vandolskaïa y figure, juste en dessous. Ma respiration haletante me permet de retenir mes larmes. Je fais non de la tête, me relève, chancelante, et recule.

— Pas Maxime… Pas lui… C'était son ami…

Une paume se pose sur mon épaule, mon coéquipier essaye de me rassurer :

— Ce n'est pas ta faute.

Je me passe les mains sur le visage. Je ne peux plus voir son cadavre. J'en ai des nausées.

— C'est un message de Yana. Elle joue avec mes nerfs…

Anthony m'enlace, puis me force à le fixer droit dans les yeux.

— Calme-toi, on va le retrouver. Tu l'as promis à ses parents et moi, je te le promets à toi.

J'acquiesce puis m'écarte afin de reprendre une posture plus professionnelle. Notre supérieur s'avance enfin vers nous, tête baissée, et je leur demande plus de détails :

— Qui l'a trouvé ? Il est là depuis quand ?

— Un couple de joggeurs qui a l'habitude de courir très tôt avant de partir au travail, m'explique mon partenaire. Ils ont tout de suite donné l'alerte. Ils disent faire ce parcours tous les jours et assurent ne pas l'avoir vu hier.

— C'est pas vrai…

— Agent Santiago, rentrez au bureau, m'ordonne le commandant Chaz.

— Mais…

— Faites ce que je vous dis, sinon je vous retire de cette affaire. Avec l'aide de Marc et Héloïse, listez-moi tous les piétons et voitures dans un rayon de dix kilomètres ces vingt-quatre dernières heures. La police locale a indiqué que les bois disposent d'une trentaine de caméras de surveillance. Julie ne va pas tarder à donner un coup de main à Simon et passer au crible la scène de crime.

Je n'ai pas le choix, j'obéis à contrecœur. Je dois faire confiance à mes collègues et partir le plus vite possible, avant de perdre la raison et de céder au chantage émotionnel de Yana.

Simon et Julie travaillent sans relâche depuis trois heures dans le laboratoire. Ils analysent chaque photo, chaque indice et lancent une série de tests, tandis que je me concentre avec Héloïse sur chaque voiture ou individu repéré par Anthony et

Marc grâce au système de vigilance. Entre le passage de notre couple de joggeurs, la veille, à 5 h 10, et ce matin, lorsqu'ils ont donné l'alerte, nous comptons cinq cent quarante-deux personnes qui sont entrées et sorties du Bois de Vincennes en vingt-quatre heures. Notre commandant nous convoque pour faire le point avant notre pause déjeuner.

— La victime, Maxima Canva, présente des blessures plus importantes que les précédents meurtres. Nous sommes bien sur l'affaire Vladislav : même tatouage de hyène, même scénario, mêmes coups portés.

La jeune femme aux lunettes rondes fait défiler les images sinistres sur l'écran géant de la salle de réunion plongée dans le noir. Le commandant Chaz se tient assis au bout de la table, les bras croisés. Ses traits fermés et inquiets ne me rassurent pas. Peu importe ses nombreuses années d'expérience, regarder les cadavres de victimes lui fait toujours autant de mal. Le danger n'a jamais été aussi sérieux. Les images sont accablantes et me touchent encore plus, car c'était un ami de Liam. Je ne le connaissais pas, mais je sais que Yana cherche à me déstabiliser. Après notre rapide débrief, j'avale un sandwich à mon bureau et continue mes recherches. Liam est toujours porté disparu, plus les jours passent, plus l'espoir de le retrouver vivant diminue… Je chasse du mieux que je le peux mes idées noires et m'accroche à ce que mon frère m'a dit. Je ne peux pas baisser les bras : j'aime Liam et je le lui dirai de vive voix. Mes collègues reviennent de leur pause-déjeuner, Anthony insiste pour que je sorte boire un café avec lui sur notre petite terrasse. Des nuages de fumée se forment au-dessus de nos confrères déjà dehors et j'envie leurs rires détendus. Certes, nous côtoyons de terribles crimes quotidiennement, mais étant affectée personnellement, les voir si décontractés me met hors de moi.

— Ne leur en veux pas, Meg.

Je pense que je serai toujours surprise par la capacité de mon coéquipier à lire dans mes pensées.

— J'étais comme toi quand Théodore est décédé. J'en voulais à la police judiciaire entière. Tout le bâtiment continuait ses enquêtes, comme si de rien n'était, alors que j'avais perdu mon partenaire et que mon monde s'écroulait.

Je soupire puis ferme les yeux. Les rayons du soleil me réchauffent. Je donnerais tout pour revenir en arrière. Être de nouveau lundi matin et ne jamais quitter Liam.

— C'est dur. Si seulement je n'étais pas sortie de son…

— Stop. Ce n'est pas ta faute, ne laisse pas la culpabilité te ronger. Les hommes de Yana seraient restés des heures et des jours à vous guetter s'il l'avait fallu.

— Ouais…

Soudain, Marc arrive en courant. Il est à bout de souffle, angoissé. D'une main tremblante, il remonte ses lunettes sur son nez. Il a trouvé quelque chose. *Il a trouvé Liam.*

— Il est où ?

Je me redresse, il est hébété face à ma question. Marc lève les mains, nous dévisage et essaye d'articuler d'une voix peu rassurée :

— Je ne sais pas, j'ai peut-être tort, mais…

— Accouche, s'impatiente Anthony.

— Je crois qu'il est beaucoup plus loin que ce que j'imaginais, répond notre informaticien. D'après les images satellite, j'ai l'impression de voir un hangar ou une vieille ferme.

— Où exactement, Marc ?

— Saint-Laurent-des-Bois, dans le Loir-et-Cher.

Mon sang ne fait qu'un tour, je m'écrie :

— Ce n'est pas la région parisienne, ça !

Nous rentrons tous les trois en trombe dans nos locaux et le suivons jusqu'à son poste.

— Je sais ! s'exclame-t-il. Elle a dû le transférer ailleurs après ton appel, quand tu lui as parlé. Depuis le début, je ne cherche pas au bon endroit, mais elle a passé un coup de fil d'une dizaine de minutes, ce qui n'est pas dans ses habitudes. Et j'ai trouvé ça.

Il me laisse sa chaise, je m'assois à son bureau. Effectivement, l'appel est localisé dans le département du 41.

— J'ai couplé cette information avec le GPS d'Anton, ajoute Marc. Il s'y est rendu trois heures plus tard. Ça ne peut pas être une coïncidence. Peu importe ce qu'il y a sur place, c'est important pour la fille de Vladislav.

— Il est là, tu as raison. Il est là.

Encore une fois, je dois suivre mon intuition et je suis soulagée de constater que mes collègues sont, à leur tour, prêts à me faire confiance.

CHAPITRE 19

Le chien policier

— Nous devons y aller ! Tout de suite !

— Mégane, calmez-vous. Ne vous laissez pas emporter par vos sentiments encore une fois !

Avec Marc et Anthony, nous nous sommes précipités dans le bureau de notre supérieur. Il fait les cent pas et assimile toutes les informations que nous venons de lui transmettre.

— Aucune intervention ne peut se décider à chaud, continue de me réprimander mon chef. Je suis d'accord concernant le caractère urgent de la situation, mais nous devons poser notre plan, comme toute enquête que nous menons.

— Mais…

— Agent Santiago ! Encore une remarque de votre part et vous dégagez !

Mon sang bouillonne, toutefois je contiens ma colère. Je ne supporterais pas d'être écartée de cette affaire. Surtout pas maintenant. Héloïse, Valentin et Gaspard arrivent au même moment, ils ont compris qu'il y avait du nouveau dans notre affaire. Marc leur présente sa découverte et nos suspicions.

— Rien concernant les Vandolskaïa n'a été localisé hors de Paris et sa banlieue, souffle Héloïse, comme pour elle-même.

— Pourquoi Yana irait-elle là-bas ? s'interroge Gaspard.

— Parce que, justement, ce n'est pas dans ses habitudes, assure Anthony en scrutant notre chef. On doit faire quelque chose, rapidement.

— Ce n'est pas faux, mon commandant, le soutient Valentin.

Le sexagénaire prend une grande bouffée d'air et place les poings sur sa taille en hochant la tête de haut en bas. Il me regarde et je ne bouge pas.

— Positionnez une équipe de surveillance le plus vite possible.

Je souffle à mon tour de soulagement ! Nous avons le feu vert ! On va pouvoir fouiller les lieux ! Notre supérieur esquisse un demi-sourire dans ma direction puis continue de lister ses ordres :

— Appelez-moi Manon, Adrien et Victor, ce sont les plus indiqués, vu qu'ils ont été formés sur cette affaire. Ensuite, il nous faut un maître-chien. Héloïse, je vous laisse contacter Augustin : son berger allemand, Loki, est un excellent chien de recherche et de sauvetage.

Ma collègue acquiesce puis retourne à son poste. Le commandant Chaz reprend son plan :

— Anthony et Mégane, vous l'accompagnerez, pendant que Gaspard, Valentin et moi-même partirons d'un point opposé. Pas un mot à qui que ce soit.

Nous approuvons et préparons aussitôt une salle de réunion. Nous allons passer le reste de la journée à analyser les images satellite et à réfléchir à la meilleure stratégie à mettre en place.

ROMANCE, MAFIA ET GROS CALIBRE

Il est 4 h 53 lorsque nous arrivons à Saint-Laurent-des-Bois. Manon, Adrien et Victor ont localisé un entrepôt abandonné, hier après-midi, et le surveillent depuis plusieurs heures. Anton, l'homme de Yana que nous avons relâché, ainsi qu'un autre mafieux d'origine russe y font des allers-retours. Nos collègues pensent qu'ils ne sont que deux et qu'ils gardent Liam à tour de rôle. Le point de départ avec la brigade se fait à quelques kilomètres de là, en dehors de la forêt où se trouve le hangar. Dès que je descends du véhicule, je vais à la rencontre d'Augustin qui est déjà sur place. Il me salue aussitôt et je lui serre la main.

— Bonjour, agent Santiago.

— Bonjour. Merci de nous venir en aide.

— Nous sommes une équipe, c'est tout à fait normal.

Je regarde ensuite son magnifique berger allemand.

— Loki.

Le chien, qui a entendu son nom, se redresse en agitant la queue. Je me penche pour lui caresser affectueusement les oreilles.

— Salut, toi. Prêt à être le héros du jour ?

Augustin sourit. Peu importe la nature de la mission, il est indispensable dans certaines enquêtes ou interventions d'être accompagnés de chiens dotés naturellement de certaines qualités. De taille moyenne à grande, certaines races sont particulièrement privilégiées et les chiens dits *policiers* se divisent principalement en deux catégories susceptibles de servir l'armée, la police ou la gendarmerie. Il y a les chiens d'intervention, dressés pour les missions de maintien de l'ordre : ce sont pour la plupart des malinois, des bergers allemands ou des beaucerons. Puis, comme dans le cas présent, il y a les chiens de détection, chargés de mener des recherches d'explosifs, d'armes, de drogue, de personnes ou même d'animaux. Cette dernière catégorie utilise le flair et la complicité avec leur maître pour détecter ce qui est demandé. Ce sont, pour la plupart, des labradors, malinois, chiens de berger, bergers allemands ou springers anglais. En effet, toutes les races de chiens ne sont pas adaptées pour travailler avec les forces de l'ordre – un épagneul breton a des réflexes naturels et des capacités physiques beaucoup plus adaptées pour la chasse, par exemple. Le berger allemand est certainement la race de chien la plus représentée et la plus connue au sein des forces de l'ordre. Ses nombreuses qualités – notamment son flair exceptionnel et sa grande intelligence – font de lui un parfait atout dans nos brigades. Je ne suis donc pas étonnée que le commandant Chaz ait exigé Augustin en personne pour retrouver Liam. Son berger allemand, Loki, est très réputé dans la police judiciaire pour ses exploits dans la recherche de personnes disparues ou en fuite, dans la détection d'explosifs et de drogue, mais il est également très sollicité pour son rôle de recherche en décombres. Le commandant Chaz m'a demandé de récupérer un vêtement de Liam, afin que Loki sente son odeur. Je tends ainsi un pull que j'ai soigneusement choisi à mon collègue.

— Vous connaissez la victime, d'après ce que j'ai compris ? m'interroge le maître-chien.

— Oui. Disons que notre relation devenait sérieuse au moment où il a été kidnappé.

— Je suis vraiment désolé, Mégane.

J'esquisse un sourire triste et gonfle les poumons. Nous avons déjà effectué des centaines d'interventions, ceci est le quotidien de la brigade malheureusement. Il n'y a pas de raison que notre mission échoue. Je ne le supporterais pas, de toute façon. Je laisse ainsi Augustin discuter tranquillement avec son berger allemand afin qu'il lui explique l'objectif du jour.

Anthony, Augustin, Loki et moi partons dans la direction sud, tandis que Valentin, Gaspard et le commandant Chaz ont un point de départ au nord de l'entrepôt. Victor, notre sniper, est en position, Manon et Adrien sont restés dans leur véhicule blindé, équipés de casques et de micros, et nous guident dans nos oreillettes grâce à leur système de vigilance et de géolocalisation.

Nous nous engouffrons dans un sentier broussailleux et étroit ; plus nous avançons, plus la végétation se fait dense et je suis obligée d'écarter plusieurs branches de mon chemin. J'ai toujours été très impressionnée par le comportement des chiens qui nous accompagnent sur ce type d'intervention. En effet, le berger allemand est silencieux, attentif et renifle discrètement chaque élément qu'il croise sur sa route.

— Anthony, dirigez-vous un peu plus sur la droite, vous tomberez sur un ruisseau, il vous suffira de le traverser.

Nous tendons l'oreille. Au bout d'une dizaine de mètres, nous commençons à entendre un ruissellement. Loki semble également avoir repéré quelque chose grâce à son flair et accélère la cadence. Nous atteignons ainsi un cours d'eau et découvrons, de l'autre côté, un hangar abandonné. La beauté de l'endroit me frappe, tout comme son caractère inaccessible et isolé. Nous sommes très loin des environnements sinistres, tristes et lugubres habituels des scènes de crime ou des planques dans les films d'action qui envahissent les salles de cinéma. Le bâtiment est entouré de cyprès et d'un enchevêtrement touffu de végétation, mais n'a rien d'accueillant. Il m'inspire un sentiment d'incertitude et de danger, sûrement parce que je pense que Liam est à l'intérieur. La constante et douce mélodie du ruisseau est étrange à cet endroit, à quelques mètres seulement d'un otage retenu contre son gré.

Nous échangeons un regard, Anthony traverse en premier le cours d'eau. Loki et son maître suivent et je leur emboîte le pas. L'onde est glaciale à cette heure si matinale et nous nous retrouvons trempés jusqu'aux genoux. Mon coéquipier me fait signe de le suivre sans faire de bruit et de dégainer mon arme. Je prends mon temps pour analyser le paysage. Aucun véhicule dans les parages, aucun bruit à part le chant des oiseaux, le bruissement des arbres. Il y a un champ de blé à droite, une vieille route caillouteuse à gauche. *Où sommes-nous, bon sang ?*

— Mon commandant, Anthony et son équipe sont sur place, annonce Manon dans nos oreillettes.

— Très bien. Nous ne sommes pas très loin.

Nous nous rapprochons lentement de l'édifice insalubre aux vitres cassées et aux murs quasi en ruine. Si Liam est à l'intérieur, personne n'aurait pu l'entendre… Mon cœur se serre et j'essaie de contrôler mes mains qui commencent à trembler. Soudain, Loki s'agite ! Il remue dans tous les sens, renifle chaque centimètre carré du sol. Il avance vers une porte du bâtiment.

— La victime est là, murmure Augustin. Il n'y a pas de

doute.

— Parfait, rétorque notre supérieur. On vous voit. Vous pouvez entrer, on assurera vos arrières.

Nous atteignons ainsi la porte quelques secondes plus tard. Loki devient dingue et fixe son maître ! Augustin essaie de le féliciter discrètement, puis Anthony tourne la poignée délicatement. Dès qu'il ouvre la porte, je pointe le canon de mon arme vers l'intérieur. Personne. Un long couloir s'offre à nous, vide. Puis, une odeur de carburant envahit mes narines. Mon estomac se tord, je chuchote dans mon micro :

— Que personne ne tire. Tout me semble imbibé d'essence.

CHAPITRE 20

Je suis là

Dès que je fais un pas dans le couloir, je retiens ma respiration. Le bâtiment est silencieux, froid et dépourvu de tout signe de vie. Nous avançons prudemment en restant attentifs au moindre bruit. Cependant, seul le chant des oiseaux se fait entendre. Des bidons de carburant sont ouverts, quelques-uns renversés à même le sol. Augustin murmure dans nos oreillettes :

— Loki est certain que la victime est ici.

Je tends mon bras libre lentement, tout en joignant le pouce et l'index afin de former le signal « OK ». Je continue d'avancer, Anthony pose une main sur mon épaule. Je m'immobilise puis, d'un geste calme, il pointe mes pieds. Mon pouls accélère lorsque je baisse les yeux et constate que je m'apprêtais à toucher un fil tendu horizontalement au niveau de mes chevilles. Je me retourne et nous levons tous les trois la tête. Le piège longe le mur. Au-dessus de nous, une demi-douzaine de boîtes métalliques sont prêtes à nous tomber dessus et à donner l'alerte de notre présence ! Je ne comprends pas comment des membres du grand banditisme peuvent faire preuve d'un tel amateurisme. Je consulte mes collègues ; derrière nos cagoules, nous échangeons des regards interloqués. D'un signe de tête, je les invite à continuer, ils approuvent. Face à notre silence et sans contact visuel, notre commandant, à l'extérieur du bâtiment, s'inquiète :

— Il y a un problème ?

— Non, souffle Anthony. RAS.

Je reste cependant méfiante. Ce long couloir rempli de bidons infects, de vieux cartons, de feuilles mortes et de déchets en tout genre ne dispose que d'une seule porte, à peu près au milieu. Arrivée devant, je fais signe à Augustin de passer en premier et Loki s'active aussitôt. Il renifle l'encadrement, se met sur ses deux pattes et pointe la poignée de son museau.

— Il faut entrer, nous assure son maître.

Anthony ne se fait pas attendre et se charge de cette nouvelle étape. L'adrénaline monte d'un cran, des fourmillements parcourent mon corps, j'ai des bouffées de chaleur. Le moment est venu de savoir si Liam est là ou non. *S'il est, oui ou non, en vie.* Dès qu'Anthony ouvre la porte, nous nous positionnons, prêts à intervenir ! Or, nous découvrons un vaste espace abandonné, sûrement un ancien dépôt de marchandises. Tout à coup, Loki aboie ! Nous sursautons et le fixons. Ses yeux sont dirigés vers notre gauche, nous suivons son regard. Anthony se retourne et me fait signe d'avancer en premier.

— Qu'est-ce qu'il se passe ? panique le commandant Chaz dans nos oreillettes. Pourquoi votre chien a-t-il aboyé ? Parlez-moi !

— C'est sa façon de nous informer qu'il n'y a que la victime sur place, répond Augustin. Loki donne de la voix uniquement lorsque nous sommes hors de danger.

— Où êtes-vous ?

— Nous sommes à l'intérieur du hangar. Le chien a pointé vers la gauche.

— Restez prudente, agent Santiago. Anthony, redoublez d'attention.

— C'est noté, mon commandant.

Je contourne trois énormes cuves rouillées puis, au bout de quelques mètres, mon corps se raidit, je ressens de fortes palpitations.

— Oh, mon Dieu…

Liam est à terre. Ligoté, blessé. J'oublie le protocole et me précipite dans sa direction ! Je m'accroupis puis passe une main sur son visage. Il a un sourcil fendu, un œil au beurre noir, une cicatrice au niveau de la lèvre inférieure et un hématome sur la joue droite. Outre ses blessures, il est très pâle et frigorifié. Liam est sans aucun doute en hypothermie.

— Je suis là. Je suis là, Liam.

Il est inconscient, mon cœur bat la chamade.

— RAS, annonce de nouveau Anthony. Il n'y a que nous.

Je range aussitôt mon arme puis Augustin me rejoint avec Loki. Ce dernier renifle notre victime de la tête aux pieds et lui lèche à plusieurs reprises le visage. Le berger allemand fait ensuite quelque chose qui me va droit au cœur : il s'allonge en passant une patte au-dessus de Liam afin de le réchauffer. J'en ai les larmes aux yeux… Anthony reste en position de surveillance, le temps que je m'occupe de défaire les liens au niveau des mains, puis des pieds de Liam.

— Meg…

Je bondis ! Liam ouvre délicatement les paupières. Je murmure d'une voix tremblante :

— Ne dis rien, garde tes forces.

L'amertume dans son regard m'accable. Il est déstabilisé – sûrement drogué également. Puis, dès qu'il réalise qu'il ne rêve pas, l'effroi apparaît sur son visage :

— Il va revenir, il va revenir…

— Je ne suis pas seule. Mon équipe est à l'extérieur.

Je prends ses joues pâles entre mes mains, il ferme les yeux lorsque je colle nos deux fronts. Son souffle est fragile, le bout de son nez froid et Loki me surprend en faufilant son museau entre nous. La chaleur de son corps est réconfortante. Soudain, des coups de feu se font entendre dehors ! Liam sursaute, il est terrifié. Loki se redresse sur ses quatre pattes pour se mettre en position d'attaque ! Dans mon oreillette, le commandant Chaz hurle diverses consignes à nos collègues ! Je serre Liam contre moi afin de le rassurer et lui murmure au creux de l'oreille :

— C'est bientôt fini, mais on doit partir au plus vite.

— Je ne veux pas, il…

— Ch… Tout va bien se passer, fais-moi confiance.

Il me dévisage et comprend qu'il n'a pas le choix. Je l'aide à se relever.

— Monsieur Ronan, ne vous éloignez jamais de ma collègue. Nous allons vous sortir d'ici.

Il acquiesce et s'appuie sur Augustin et moi-même. Loki ne le quitte pas des yeux. Nous emboîtons le pas à Anthony. Nous traversons le hangar, puis longeons de nouveau le couloir. Arrivés au niveau de la porte d'entrée, nous n'entendons plus aucun coup de feu ni nos confrères dans nos oreillettes. Ce qui est très préoccupant. J'assois Liam par terre, entre un bidon et un gros carton déchiré, tandis qu'Anthony essaye de contacter notre supérieur pour savoir si nous pouvons sortir. Personne ne répond.

— Qu'est-ce qu'on fait maintenant ? s'inquiète Augustin.

— On ne peut pas rester ici, il faut quitter les lieux. Mégane, je passe devant, couvre-moi s'il te plaît.

— Bien sûr.

Liam, toujours à moitié sonné, murmure mon prénom, mais je ne peux pas lui tenir compagnie. Mon coéquipier a besoin de moi. Loki semble lire dans mes pensées, car il s'approche de mon amant, s'assoit à ses pieds et pose la tête sur ses genoux. Liam esquisse un faible sourire avant de caresser les oreilles du berger allemand du bout des doigts.

Je fais signe à Augustin de veiller sur lui et Anthony ouvre délicatement la porte. Tout paraît très calme à l'extérieur. Le chant des oiseaux s'est arrêté, sûrement à cause des coups de feu. Le vent souffle à présent par intermittence entre les buissons et les feuilles mortes s'envolent. Je dirige lentement le canon de mon arme de gauche à droite. Tout à coup, l'un des hommes de Yana sort de nulle part ! Anthony lui tire au même moment dans la main, et moi, dans une jambe. L'individu tombe à terre en hurlant de douleur, Anton surgit à cet instant. Pendant que je fais feu, à deux reprises, le mafieux fait de même et mon coéquipier s'effondre au sol. Anthony est touché !

Puis, un dernier tir très précis et rapide se fait entendre, et c'est au tour d'Anton de s'écrouler. Victor, notre tireur d'élite, nous a porté secours. Je me jette sur Anthony, il est conscient.

— Mégane ! s'exclame Victor. Manon vient de rétablir le contact dans nos oreillettes, ils ont réussi à brouiller le signal ! Comment va l'agent Brent ?

— Il est blessé à l'épaule gauche.

Gaspard arrive sur-le-champ en courant.

— Vous allez bien ? hurle-t-il.

— Oui, occupe-toi des deux suspects à terre, s'il te plaît. Victor, qu'est-ce qu'il s'est passé ? Pourquoi le commandant Chaz n'est-il pas là ?

— Il a été touché aussi, Mégane. Valentin et Gaspard l'ont ramené au véhicule blindé de Manon et Adrien. Il perd beaucoup de sang au niveau de l'estomac.

— Merde…, murmure Anthony.

Victor soupire puis je l'entends se relever.

— Augustin, Mégane, rejoignez au plus vite votre voiture. Je m'occupe d'Anthony puis j'aiderai Gaspard avec les deux suspects blessés. Nous attendrons les secours et les renforts.

— T'es sûr ?

— Oui ! Conduis Liam Ronan à l'hôpital le plus proche, il a besoin de voir un médecin le plus rapidement possible.

Je dévisage mon coéquipier au sol en me demandant si c'est une bonne idée :

— Vas-y. Je n'ai pas grand-chose.

— Ne fais pas le con, Anthony. Je commence à bien aimer être ta partenaire.

Il sourit et, lorsque je me tourne vers le hangar, Augustin est dehors soutenant Liam, debout à ses côtés. Loki remue la queue en regardant l'homme qu'il a sauvé et me fixe ensuite, comme s'il me disait : « Respire, Mégane, notre intervention est enfin terminée ».

CHAPITRE 21

Reste

Nous emmenons Liam directement à l'hôpital Bichat-Claude-Bernard, dans le 18e arrondissement, soit le centre hospitalier parisien le plus proche. Il doit subir une batterie d'examens, afin d'être certains que son état de santé ne nécessite pas une hospitalisation. Le commandant Chaz a, quant à lui, été héliporté avec Anthony à l'HIA Percy – l'hôpital d'instruction des armées Percy, situé à Clamart. Notre supérieur a été admis au bloc opératoire et je suis constamment en contact avec Gaspard et Valentin. Les patrons de la police judiciaire et de la BRI en personne se sont rendus sur place.

Augustin est rentré à la brigade avec Loki, je suis ainsi seule dans le couloir depuis plus de deux heures, lorsque Julie me rejoint. Elle me prend aussitôt dans ses bras et je fonds en larmes. Tant pis pour ma réputation professionnelle ! Je suis humaine ! J'ai failli perdre l'homme que j'aime et toute la pression de ces derniers jours redescend.

— C'est fini, chuchote-t-elle. Il est là. Pleure autant que nécessaire, il aura besoin de toi pour l'épauler et dépasser son traumatisme.

— Oui, tu as raison.

Je souffle, ma collègue me caresse le dos. Son amitié m'apaise, je lui souris.

— Dès qu'il en aura terminé avec le docteur, vous rentrerez à la maison. Je préviendrai nos supérieurs.

— Merci, Julie.

— Ne me remercie pas. L'affaire Vladislav va encore nous poser beaucoup de problèmes.

J'acquiesce puis mon téléphone vibre. Le prénom de mon frère s'affiche sur l'écran.

— Mégane ? Tu vas bien ?

— Oui...

— J'ai su par des collègues que ton commandant est à l'HIA Percy !

— Oui, une intervention ne s'est pas déroulée comme prévu...

— Merde ! Tu es sûre que tu n'as rien ?

— Oui, oui, je t'assure. Mon chef et mon coéquipier ont été touchés, ainsi que deux suspects, mais on a retrouvé Liam.

— Oh, Meg. Je suis désolé... Et Liam ? Il... va bien ?

— Ouais, il est mal en point, mais il est vivant. Il s'en remettra, du moins physiquement.

J'imagine Yohan se passer une main sur le visage en même temps qu'il laisse échapper un long soupir.

— Tu veux que je vienne ? Tu es où ?

— Ce n'est pas la peine, je suis à Bichat. J'attends des nouvelles de Liam.

— OK. Appelle-moi si tu as besoin de quoi que ce soit. Promets-le-moi, sœurette.

— Promis. Merci, frangin.

— Ne me remercie pas. Tu me fais une peur bleue à chaque

fois. Je dois y aller. Tiens-moi au courant.

— OK, à tout à l'heure.

— À toute, Meg.

Mon frère raccroche, Julie me sourit toujours. Nous attendons encore une bonne heure avant que Liam n'apparaisse, accompagné d'un médecin. Je me lève aussitôt. L'homme que j'aime se tient devant moi, tête baissée. J'ai envie de le réconforter, de le prendre contre moi et de l'embrasser. Réprimant cette impulsion, je lui demande avec une froideur un peu trop professionnelle :

— Ça a été ?

Il acquiesce et le praticien l'imite en me tendant une feuille.

— Nous l'avons ausculté, une infirmière a désinfecté ses plaies. Voici son ordonnance. Monsieur Ronan a besoin de certains compléments afin de combler des carences. Rien de grave au niveau de la santé. Je lui ai conseillé de prendre rendez-vous avec Patricia, que je connais très bien, chez vous.

— Merci, Docteur.

Patricia est psychologue à la police judiciaire, plus précisément au département des personnes disparues, et assure le suivi de la plupart des victimes que nous prenons en charge. Liam en aura grandement besoin. Le médecin me donne ensuite le rapport médical scellé que je dois transmettre à notre brigade. Il nous dit au revoir et Julie nous annonce qu'elle rentre de son côté à la BRI. Lorsque je suis enfin seule avec Liam, je pose une main dans son dos, le dirige vers l'ascenseur et parle avec un ton plus doux et affectueux, cette fois-ci :

— Je te raccompagne. Nous avons prévenu ta famille, ils t'attendent chez toi.

— OK.

Sa voix craque, mais il n'ose pas lever les yeux du sol. Nous entrons dans l'ascenseur, Liam reste muet. Contre toute attente, il entrelace nos doigts. Je ne sais pas quoi lui dire et soupire.

— Je suis là. Pour tout ce dont tu auras besoin.

— Je sais, répond-il, le nez toujours baissé.

Je n'insiste pas. Le voyage jusque chez lui se fait dans un silence insupportable. Gaspard m'appelle pour la quinzième fois et je lui explique que nous rentrons. Il m'annonce que le commandant Chaz est toujours au bloc. Je me concentre sur la route, tout en gardant un œil sur Liam, plongé dans les rues parisiennes, qui ne croise pas mon regard une seule fois. Je ne me retiens plus, les larmes commencent à couler le long de mes joues.

— Je suis désolée.

Je m'attendais à ce que Liam se retourne, me dise que ce n'est pas ma faute, qu'il me demande de ne plus jamais le quitter. Mais l'homme que j'aime ne bouge pas et répète dans un souffle mélancolique :

— Je sais.

Sa réponse me poignarde en plein cœur. Il m'en veut. Je suis pétrifiée à l'idée d'arriver chez lui, de le déposer et qu'il m'ordonne de partir. Cela fait une semaine que je le cherche sans relâche, que je ne dors pas, que je mange à peine… La dernière chose que je souhaite est de le quitter alors que je viens de le retrouver… Mais je n'aurai pas le choix s'il me le demande.

Dès que je suis garée dans la cour de son immeuble, Liam sort de ma voiture. Je le suis et, contre toute attente, il n'a pas la patience d'attendre l'ascenseur, il choisit les escaliers. Quand nous arrivons à l'étage, Victor est là avec deux collègues de la BRI.

— Les voilà, dit-il. Monsieur Ronan, je vous présente les deux agents qui garderont votre entrée cette nuit. Demain matin, deux autres officiers de police prendront le relais.

Liam le remercie puis tourne la poignée de la porte de son appartement. Ses parents sont déjà là et, dès qu'il fait un pas à l'intérieur, ils se jettent dans ses bras. Will est ému, il attend sagement de pouvoir serrer son frère à son tour.

— Mon fils, sanglote Mme Ronan.

Mes yeux s'humidifient, je lutte pour refouler mes émotions qui essayent de prendre le dessus. Je dois maintenir ma posture professionnelle, je ne suis qu'un gardien de la paix, pour eux. J'échange un regard avec Victor qui est toujours sur le pas de la porte, puis je me racle la gorge et m'apprête à sortir de l'appartement, lorsque Liam se retourne et me saisit le bras :

— Reste.

Je me fige, mon collègue me fixe. Je lui fais face, sans réellement savoir quelle est la meilleure attitude à adopter dans ce genre de situation. *Même si je ne veux en aucun cas le quitter.*

— Ta famille est là, je repasserai demain.

Liam me fait non de la tête puis ses yeux se remplissent de larmes à son tour. Mon cœur se serre, je ressens de nouveau cette envie de le prendre contre moi. Il tente de murmurer quelque chose, en vain. Liam est brisé. Perdu. Je ne le reconnais plus et réalise qu'il a besoin de moi. J'avais peur qu'il m'en veuille, mais j'avais tort.

— D'accord.

— J'y vais, dit Victor en me faisant un clin d'œil.

J'acquiesce et le père de Liam prend la parole :

— On devrait y aller, nous aussi.

— Mais…, proteste sa conjointe en arquant un sourcil.

— Liam est bien accompagné, essaye de la rassurer son mari. Il a besoin de se remettre et je suis convaincu que cette jeune femme saura parfaitement le comprendre et l'aider cette nuit.

M. Ronan se tourne ensuite vers son fils et rajoute :

— On revient demain matin, si cela ne te dérange pas.

— Bien sûr, papa, au contraire. Mégane partira travailler, je ne veux pas rester seul.

— Tu vois, maman, intervient Will dans un sourire. On assurera la garde en journée.

Nous échangeons un clin d'œil complice puis Liam embrasse ses proches un à un. Je les raccompagne jusqu'à la porte, verrouille derrière eux et rejoins mon amant dans le salon.

— J'ai besoin d'une douche, me dit-il, toujours sans oser croiser mon regard.

— Bien sûr.

Liam part dans la salle de bains, je fais les cent pas dans sa chambre. Qu'est-ce que je fais maintenant ? L'ambiance est tendue, il va mal et je ne sais pas comment l'aider. *Je ne peux pas rester ici à l'attendre.* J'agis sur un coup de tête, me déshabille puis entre à mon tour dans la salle d'eau. Liam est déjà sous la douche, la pièce se remplit peu à peu de vapeur. Il ne m'entend pas ouvrir la porte vitrée, j'ai ainsi le temps de découvrir plusieurs hématomes au niveau de ses omoplates et de ses reins. L'eau chaude glisse sur son corps blessé, courbaturé… Tout ceci est ma faute. Je me rapproche, caresse son dos doucement et Liam sursaute ! Dès qu'il se retourne et constate que je l'ai rejoint, son regard s'illumine pour la première fois. Liam a minci, son visage est pâle et je ne l'ai jamais vu avec une barbe si longue. Il semble beaucoup plus vieux que dans mes souvenirs. Il a traversé l'enfer dans ce hangar… Mais l'amour étincelle dans nos yeux et les battements de mon cœur accélèrent lorsqu'il fait un pas vers moi, qu'il pose une main derrière ma nuque et qu'il m'embrasse fougueusement. Il me plaque contre le mur gelé de sa douche à l'italienne, s'accroche à mes cuisses et me soulève. Nous succombons ainsi à notre passion avec ardeur, haletants, et sans échanger un mot.

Après notre douche, Liam décide de se raser et je repars dans la chambre. Je fouille dans mon petit bagage laissé chez lui tout ce temps et prends des sous-vêtements propres, un pantalon de jogging et un tee-shirt. J'attrape ensuite toutes nos affaires à même le sol de la salle de bains et me dirige jusqu'à sa buanderie pour lancer une machine. J'ai envie de tout nettoyer après cette intervention qui a mal tourné. *J'ai envie d'effacer tous les mauvais souvenirs que Liam a vécus et revenir une semaine en arrière.* J'appelle Gaspard, il m'annonce que le commandant Chaz est enfin hors de danger, et qu'Anthony est déjà rentré chez lui. Je souffle de soulagement, envoie ensuite un texto à mon frère pour lui dire que tout va bien. Lorsque je reviens dans la chambre, je m'installe sur le lit et attends Liam. Il ne tarde pas à me rejoindre, propre, rasé et exténué. Dès qu'il s'assoit près de moi, il pose la tête sur mes jambes et éclate en sanglots. Je m'accroche à lui et j'essaye de le réconforter du mieux que je le peux.

CHAPITRE 22

Nouveau leader

Avant même d'ouvrir les paupières, je comprends que Liam n'est plus dans notre lit. Je regarde l'heure sur mon portable : 1 heure du matin.

— Je suis là, dit mon amant en sortant de la salle de bains.

Malgré la nuit, la lune illumine notre chambre et je remarque qu'il a une petite mine, le visage encore plus tuméfié et j'esquisse un sourire compatissant. Je lui fais signe de me rejoindre. Il ne tarde pas à se glisser sous les draps puis pose la tête sur ma poitrine. Je l'enlace et attends quelques minutes avant de prendre la parole :

— Tu veux en parler ?

— Oui, mais je ne sais pas par où commencer.

Il soupire, je le serre contre moi.

— Dis ce qu'il te passe par la tête, Liam. Ne réfléchis pas.

— Ouais, tu as sûrement raison, murmure-t-il. Tu sais, la seule façon pour moi de tenir, c'était de penser à mon fils… et à toi.

Je caresse son dos, inhale son odeur.

— Il t'a fait beaucoup de mal ? Physiquement, je veux dire ?

— Ils m'ont assommé dès qu'ils sont entrés ici, donc j'étais mal en point quand je me suis réveillé dans l'entrepôt… Je réalise à présent que, sur place, le type devait me droguer via le verre d'eau qu'il m'offrait pour me maintenir à moitié dans les vapes. Et puis, j'ai essayé de m'enfuir une fois…

Je sens ses larmes tomber sur ma poitrine, mais ne bouge pas et ne pose pas la moindre question. Je le laisse continuer son récit selon son envie.

— Mais il m'a surpris. Je pensais avoir le temps de sortir, il avait l'habitude de s'absenter plusieurs heures. J'ai reçu quelques coups à ce moment-là, puis il m'a de nouveau endormi.

Il soupire et s'accroche à mon corps.

— Je suis tellement navrée, Liam…

— Ouais… souffle-t-il. J'ai somnolé la plupart du temps, j'ai fait des rêves bizarres, incohérents. Mais j'ai aussi rêvé de mon fils qui jouait au foot et ça me donnait de l'espoir. J'ai même cru que tu m'appelais.

— Ce n'était pas un rêve. On a échangé quelques mots au téléphone, j'ai demandé à la responsable de me prouver que tu étais en vie.

— La responsable ?

— Oui, c'est une longue histoire, je te raconterai un autre jour.

— OK… Vous savez pourquoi j'ai été leur cible ?

— On a du mal à statuer. Soit c'est à cause de moi, soit à cause du poker et de Maxime.

— Vous l'avez protégé, du coup ?

Je déglutis difficilement. Liam n'est pas au courant que son ami est décédé. Je prends une profonde inspiration, cherche mes mots.

— Mégane ?

— Liam…

Il se redresse, braque ses yeux sur moi.

— Il est arrivé quelque chose à Maxime aussi ?

Je reste muette, il insiste :

— Dis-moi.

— Je ne veux pas que tu souffres davantage, on peut en reparler demain si tu…

— DIS-MOI !

Liam bondit hors du lit en hurlant. Je suis terrorisée face à sa réaction. Je tente de le calmer :

— Reviens à côté de moi, je vais t'expli…

— RACONTE !

L'homme que j'ai devant moi est pétrifié, angoissé et essoufflé. Je ne le reconnais pas, mais je sais à cet instant précis que je lui dois la vérité.

— On a trouvé son cadavre il y a quelques jours.

Jamais je n'oublierai l'expression de son visage lorsque la colère s'empare de lui. Il est furieux et, dans un élan de rage, tape plusieurs fois contre le mur au point d'enfoncer sa main dans le placo ! Il la retire du trou qu'il vient de faire, en rugissant de douleur, puis s'effondre par terre, en larmes. Liam se recroqueville tandis que je me précipite vers lui.

— Je suis désolée…

Son chagrin est très éprouvant à supporter. Il a non seulement vécu l'enfer lors de son kidnapping, mais en plus, il a perdu un ami. Je n'ai pas les mots pour le réconforter, juste ma présence pour le soutenir. Liam doit pleurer et se vider de toutes ses émotions. Je l'entoure de mes bras, le laisse ressentir toute cette rage et ce désespoir.

Il se calme au bout de quelques minutes et je commence

lentement à le relever. Je l'assois au bord du lit puis vais ensuite chercher dans la salle de bains sa trousse à pharmacie. Je pose sa paume sur un kit de secours encore tout neuf, la nettoie et désinfecte sereinement le dos de sa main en sang. Je le recouche puis file préparer un café au lait bien chaud dans la cuisine. Lorsque je reviens, Liam demeure silencieux, le regard vide d'émotions. Je le borde et, dès que je m'allonge à ses côtés, il se faufile de nouveau dans mes bras :

— Désolé, Mégane, sanglote-t-il. Je ne sais pas ce qui m'a pris.

— Ch… Ce n'est rien. Je suis là et je n'ai pas l'intention de partir. Nous surmonterons tout ça ensemble. Fais-moi confiance.

— Tu crois que j'y arriverai ? À dormir paisiblement un jour et retrouver une vie normale ?

— Oui, mais il faut te donner le temps de te remettre. Patricia est une excellente psychologue, elle va t'accompagner. Pense à ton fils, Liam. Il a besoin de toi et toi de lui. Demain, demande à ta famille de te le ramener dans quelques jours. Une petite visite ne te fera pas de mal, au contraire.

— OK.

— Maintenant, ferme les yeux et essaye de te rendormir. Tu es en sécurité à présent, je ne te laisserai plus jamais seul.

Liam acquiesce et, contre toute attente, quelques minutes plus tard, sa respiration s'apaise. Il s'est endormi dans mes bras.

Liam n'a eu aucune difficulté à retrouver le sommeil, mais

la nuit n'a pas été moins agitée pour autant. En effet, il s'est réveillé plusieurs fois en sursaut ou en hurlant. Le traumatisme est bel et bien là, le chemin va être long… très long.

Après avoir préparé un rapide petit-déjeuner, j'attends l'arrivée de ses parents. Même si je sais que je vais être en retard, tant pis. Liam est ma priorité. À 9 heures, ils sonnent à la porte et je suis ravie de constater, lorsque je leur ouvre, qu'ils sont venus avec plusieurs sacs.

— Je me suis permis de faire quelques courses, si cela ne vous dérange pas.

— Au contraire. C'est parfait, madame Ronan.

— Appelez-nous par nos prénoms, je vous en prie. James et Maureen.

Je souris puis leur fais signe d'entrer. Je les débarrasse, leur indique que leur fils est dans le salon et, après m'être assurée qu'ils ne manquaient de rien, j'embrasse Liam sur le haut de sa tête.

— À ce soir.

— À ce soir, me répond-il, reconnaissant.

J'ai une boule au ventre, mais je sais que deux de nos agents surveillent en permanence son logement et qu'il ne craint rien. Au moment où j'attrape mon sac à main sur le porte-manteau, un papier tombe d'une veste de Liam. Je le ramasse, c'est un ticket de parking. Un détail attire cependant mon attention : ce parking est tout proche de l'Étoile Lounge Club. Je vérifie la date et l'heure, ce que je découvre m'interpelle. Un mardi en plein après-midi ? Aurait-il un client dans le même coin que l'établissement de Yana ? Discrètement, je feins de chercher mes clés et glisse une main dans les poches de la veste. J'en sors une dizaine de tickets supplémentaires à différentes dates. Je ne cherche pas à comprendre, je les cache dans mon sac et quitte l'appartement. Dans l'ascenseur, je vérifie chaque reçu de stationnement : tous ont été payés en pleine journée, sur le même parking. Mon pouls accélère. Comment est-ce possible ? Liam ne travaille pas du tout dans ce secteur… Je décide de ne pas m'affoler et respire profondément pour maintenir le calme. Je suis sûrement paranoïaque, Liam ne peut pas être lié aux Vandolskaïa. Nous l'avons prouvé lors de la partie de poker illégale.

Arrivée dans les locaux de la police judiciaire, je prends aussitôt un café puis décide de réunir Julie, Héloïse, Marc, Valentin et Gaspard dans mon bureau pour faire le point. Une fois qu'ils m'ont demandé comment se porte Liam, je vais droit au but – en omettant de parler des tickets de parking trouvés dans sa veste. Il n'y a pas de temps à perdre.

— Le patron de la BRI nous ordonne de patienter, mais de ne pas abandonner nos recherches pour autant. Anthony devrait revenir la semaine prochaine et vous connaissez tous le commandant Chaz : il se remet de son opération, seulement dès qu'il pourra se mettre debout, il réintégrera la brigade.

Mes collègues acquiescent, je continue :

— L'intervention n'a pas été un fiasco total : nous avons retrouvé Liam Ronan. Mais je ne vous cache pas que cette mission n'a pas beaucoup fait avancer l'enquête. Premièrement, nous restons sans savoir qui est le Premier Fidèle. Ensuite, les deux hommes de Yana que nous avons interpellés sur place ne disent rien et acceptent une condamnation sans jugement dès qu'ils sortiront de l'hôpital. S'ajoute à cela le fait que nous n'arrivons pas à réunir suffisamment d'éléments pour faire un portrait-robot de Vladislav. Bref, nous en sommes toujours au même point.

— C'est comme chercher une aiguille dans une botte de foin, soupire Julie.

— On tourne en rond, conclut Marc.

— Oui, mais, tôt ou tard, Yana ou son père feront un faux pas.

— Tu en es sûre, Mégane ? m'interroge Héloïse. Parce qu'on n'a rien de nouveau depuis des mois… Sans tenir compte du fait que le commandant Chaz essaye de coincer Vladislav depuis plus de sept ans !

— J'en suis certaine ! Et j'ai besoin de vous. Ce n'est pas parce qu'on sera quelque temps sans notre chef et Anthony qu'on va traîner et attendre de nouvelles directives. On se bouge ! On ne lâche rien ! Héloïse et Marc, vous continuez de surveiller le club, s'il vous plaît. Julie, peux-tu analyser chaque millimètre de tout ce que tu as recueilli dans le hangar ? Tu trouveras peut-être un indice ou quelque chose qui nous aidera. Gaspard et Valentin, on doit tous les trois s'enfermer dans les archives. Il est important à ce stade d'éplucher chaque élément de l'enquête depuis l'ouverture de cette affaire, chaque preuve concernant leurs actes de banditisme. On va étudier chaque meurtre, chaque criminel identifié et chaque intervention menée. Il y a sûrement une erreur ou un truc qui nous a échappé et qui permettra de faire un lien avec les Vandolskaïa. Est-ce que ça vous convient ?

— Très bien, Meg, répond Julie dans un sourire.

— Nous avons un nouveau leader, les gars, m'applaudit Gaspard.

Je prends les rênes de notre brigade involontairement, mais je n'ai pas le choix. Je ne resterai pas sans rien faire, mes collègues ont besoin d'être aiguillés et moi, de coincer Yana. Elle et son père vont payer pour tout ce qu'ils ont fait subir à Liam, en plus de la terreur qu'ils font régner dans notre pays. Nous montrerons à ces mafieux que le travail porte ses fruits et que, même s'ils ont gagné toutes les batailles jusqu'à ce jour, ils ne remporteront pas la guerre.

Cela fait maintenant plusieurs heures que je suis enfermée dans les archives. Gaspard a éparpillé à même le sol, par ordre chronologique, tous les dossiers des meurtres de ces sept dernières années. Valentin relit les rapports d'autopsie un à un, tandis que je passe au crible chaque déposition et interrogatoire. J'en profite pour demander à Marc les images de vidéosurveillance des jours correspondant aux tickets de stationnement trouvés dans la veste de Liam. Je ne lui précise pas le motif, c'est l'avantage d'être sur une affaire si complexe et en pleine investigation. Lorsque je reçois les clips sur les créneaux horaires spécifiques, je remarque un véhicule semblable à celui de Liam sur l'écran – une Peugeot 307 rouge. De plus, un homme de la même corpulence apparait sur les vidéos, mais l'angle ne permet pas de révéler son visage. Je maintiens le calme, je refuse d'imaginer m'être trompée malgré les premiers indices inquiétants… Tout à coup, un mouvement de foule a lieu dans les bureaux du troisième étage de la police judiciaire. Nous échangeons des regards inquiets et sortons de la pièce pour comprendre ce qu'il se passe. Victor court déjà dans notre direction puis, d'une voix tendue et tremblante, m'annonce :

— Mégane, Sacha est mort.

— Sacha ?

— Le fiancé de Yana.

L'affaire Vladislav prend à cet instant une tournure complètement différente. En effet, qui oserait assassiner le futur gendre du Parrain ?

CHAPITRE 23

Karma

Après avoir obtenu l'accord du patron de notre brigade et averti le commandant Chaz, je me rends sur le lieu du meurtre. Quelque chose me chiffonne aussitôt. Le petit ami de Yana a été tué chez lui et ce crime constitue un nouvel élément complètement différent dans l'affaire Vladislav. En effet, aucune effraction n'a été commise pour entrer dans son appartement de luxe avec vue sur les Champs-Élysées. Julie, Gaspard et Valentin m'accompagnent. Ils ont exactement la même réaction lorsque nous pénétrons dans son domicile :

— Ça n'a rien à voir avec ce à quoi nous sommes confrontés d'habitude dans cette enquête, s'étonne Julie.

— C'est clair…, marmonne Valentin en regardant dans tous les sens.

Un agent de police locale vient à notre rencontre.

— Bonjour, vous devez être de la BRI ?

Je serre la main qu'il me tend et réponds :

— C'est exact. Agent Santiago.

— Je suis l'agent Desmaret, nous avons été appelés ce matin, mais un de mes collègues a rapidement fait le lien avec votre investigation. Le corps est dans la cuisine.

— Cuisine ? s'étonne Valentin. La personne connaissait donc la victime. Soit elle a été invitée à rentrer, soit elle avait une clé.

— Tout à fait. D'ailleurs, un simple coup de feu a été tiré. En pleine poitrine.

L'homme nous fait signe de le suivre et, au pied du frigo encore ouvert, nous découvrons Sacha, étendu au sol dans une mare de sang.

— Nous n'avons rien touché, tout est exactement comme nous l'avons trouvé. Je vous laisse faire votre boulot, je serai dans le salon si vous avez besoin de quoi que ce soit.

Je souris poliment et acquiesce. Lorsque nous nous retrouvons seuls, Gaspard murmure :

— Il est bien sympathique celui-là. Normalement, on n'est pas aussi bien accueillis.

— À mon avis, il sait de qui il s'agit et ne souhaite pas être mêlé à la mafia russe, se moque Julie en s'accroupissant au niveau de corps.

— On se concentre, les gars, dit Valentin. C'est trop bizarre, vous ne trouvez pas ?

Je suis tout à fait d'accord avec lui. Le fiancé de Yana a été touché à la poitrine et a succombé à une hémorragie. Sacha a souffert, il a vu la mort s'approcher lentement. Je l'imagine allongé au sol, boire le calice jusqu'à la lie, et regarder droit dans les yeux son tueur. Personne ne mérite une telle trahison.

— Il a été assassiné dans l'urgence.

— Pourquoi tu dis ça, Meg ? m'interroge Gaspard.

— Je le pense aussi, affirme Julie. Le meurtrier était pressé. Il n'a rien planifié, n'a pas procédé de la même façon que pour les autres victimes.

— Ce n'est peut-être pas le même. Valentin, est-ce que tu peux donner un coup de main à Julie pour analyser la scène de crime, s'il te plaît ?

— Bien sûr.

— Parfait. Gaspard, accompagne-moi.

— OK, mais on va où exactement ?

— À L'Étoile Lounge Club. Si Yana n'est pas ici, j'ai de grands doutes qu'elle soit au courant que quelqu'un a éliminé son fiancé.

Mon collègue hausse les épaules puis me suit. Je me réjouis sadiquement d'annoncer moi-même cette mauvaise nouvelle à la blonde.

Lorsque nous arrivons au club, des frissons me parcourent l'échine dès que je jette un coup d'œil au parking non loin de là. Aucune Peugeot 307 rouge n'y est garée, je prends une profonde inspiration pour calmer mes nerfs. Arrivés à hauteur de l'établissement, nous sommes confrontés à un homme posté devant la porte, bien que nous soyons en plein après-midi. Gaspard se présente et nous montrons nos insignes. Il précise que nous connaissons la propriétaire et que c'est urgent. Puis, une fois à l'intérieur, je suis étonnée de constater que Yana est seule, accoudée au comptoir. J'échange un coup d'œil avec Gaspard qui scrute minutieusement les lieux.

— Ah ! Mais regardez qui voilà ! L'agent Santiago avec un autre partenaire ! Je ne t'imaginais pas changer aussi vite d'homme, Mégane.

Cet accueil aussi chaleureux et hypocrite de sa part confirme mes doutes. La fille de Vladislav ignore ce que nous venons lui annoncer.

— Ne te réjouis pas trop, Yana. Les nouvelles ne sont pas bonnes.

Je garde une expression fermée et autoritaire et Gaspard en fait de même.

— Oh ! Détendez-vous un peu ! Vous êtes toujours si raides et inquiets. Asseyez-vous.

Nous refusons et allons droit au but.

— Quand avez-vous vu Sacha pour la dernière fois, madame Piotr ?

Yana fronce les sourcils et fixe malicieusement Gaspard.

— Au petit-déjeuner, monsieur l'agent. Pourquoi ? Vous savez, il n'est pas jaloux, nous pourrions envisager quelque chose tous les…

— On l'a retrouvé mort ce matin dans sa cuisine.

Mon ton est sec, glacial, brutal. Je n'ai aucune pitié pour cette femme. Je vois Gaspard retenir sa respiration et Yana se figer. Puis elle lâche un rire machiavélique. Elle ne me croit pas.

— Encore du bluff, Mégane ? lance-t-elle en riant encore plus fort.

— Ma collègue est sérieuse.

Je croise les bras, mon partenaire sort son portable. Il cherche une photo qu'il a prise il y a moins d'une heure et lui montre. C'est à cet instant que, malgré mon insigne et ma colère envers cette femme, mon estomac se serre. Dès que Yana pose le regard sur l'écran, tout bascule. Son visage se décompose, elle commence à suffoquer. Ses jambes faiblissent et elle manque de s'effondrer. Gaspard la rattrape, je tire une chaise haute du bar pour l'y installer. Yana se retient tant bien que mal de sangloter, je lis un chagrin foudroyant dans ses yeux. Gaspard part appeler l'un de ses « agents de sécurité » à l'entrée et je m'assois à côté d'elle. Que je le veuille ou non, elle me fait de la peine. Cette femme a dû commettre des atrocités sans nom aux côtés de son père, mais elle reste une femme. La famille reste la famille et l'amour fait mal. Surtout quand il nous est retiré de façon si brutale et inattendue. Je n'arrive pas à la toucher ou l'enlacer, il ne faut pas non plus exagérer, mais je suis présente. Yana pleure, manque d'air et je suis certaine qu'elle prononce toutes les insultes répertoriées dans la langue russe.

— Je vais retrouver le coupable.

— Arrête, Mégane…, grogne-t-elle en me fusillant du regard. Tu dois aimer ce que tu vois.

— Détrompe-toi. Je vais non seulement le retrouver, mais je vais aussi en finir avec ton père.

— Tu crois vraiment que tu m'aides ? rugit-elle. Jamais mon père ne me ferait une chose pareille !

— Qui, alors ?

Ma question la surprend, mais elle comprend d'emblée où je veux en venir. Un rire nerveux s'empare de son corps.

— Je ne te dirai rien. Va-t'en avant que je ne change d'avis.

C'est à mon tour de rire, mais je pense qu'il est effectivement plus raisonnable de quitter les lieux le plus rapidement possible. Gaspard revient au même moment avec le garde du corps. Je me lève et, alors que je m'apprête à me retirer, Yana me retient par le bras. Je braque les yeux sur elle quand elle m'adresse la parole :

— Si tu trouves qui a fait ça, je t'aiderai.

— Yana, dois-je te rappeler que tu n'es fidèle qu'à toi-même ? Ne promets rien que tu ne sauras tenir. Tu as eu ta chance avec Liam, c'est trop tard pour négocier avec nous maintenant.

Je tourne les talons, Gaspard me fait passer devant lui. Il est l'heure pour la blonde de comprendre qu'elle n'est pas intouchable et que son monde n'est pas aussi merveilleux qu'elle le croit. On récolte ce que l'on sème, on a ce que l'on mérite. Cela s'appelle tout simplement le karma.

De retour au troisième étage de la police judiciaire, notre brigade vient aussitôt nous voir :

— Alors ? nous interroge Héloïse. Elle était au courant ?

Je fais non de la tête et Gaspard explique brièvement ce qu'il s'est passé.

— Et vous, quoi de neuf de votre côté ? demande-t-il à Julie.

— Nous avons relevé une vingtaine d'empreintes différentes dans l'appartement, les identifications sont en cours. Une équipe a ramené le corps dans notre laboratoire pour l'autopsie et nous avons extrait la balle de sa poitrine. J'ai lancé une série de tests en balistique, on aura les résultats demain matin.

— Très bien.

Je me passe une main sur le visage puis regarde ma montre. Il est 17 heures, je suis exténuée.

— Rentre, me chuchote Marc. On te couvre. Tu n'as pas besoin de rester ici plus longtemps, on doit attendre pour avancer dans l'enquête.

— Oui, va t'occuper de Liam.

Valentin pose une main sur mon épaule. Ils ont sûrement raison, je n'ai plus rien à faire au bureau aujourd'hui. Inutile de me le dire deux fois. Je les gratifie d'un sourire et range mes affaires. Je n'ai cependant aucune envie de retrouver l'homme que j'aime : je le suspecte de plus en plus d'être lié à cette affaire.

CHAPITRE 24

Soupçonner et aimer

Avant de retrouver Liam, je passe à mon appartement vérifier que tout va bien et récupérer quelques affaires. J'appelle ensuite mon frère en chemin pour lui raconter les dernières nouvelles. De son côté, il m'assure que Vanessa et les enfants vont bien et je souris lorsqu'il me relate les ultimes bêtises de mes neveux. Au moment où nous raccrochons, je me sens partagée : j'ai espoir que tout va rentrer dans l'ordre prochainement, mais je crains le lien entre Liam et Vladislav. Dès que je passe le pas de la porte de chez lui, une odeur de pâtisserie envahit mes narines et creuse mon estomac. Je me débarrasse de mes affaires avant de les rejoindre en cuisine. Mon amant et son père sont à table, ils discutent tout en dégustant des chouquettes faites maison. Mme Ronan est aux fourneaux et semble préparer le dîner à présent.

— Mégane ! me salue M. Ronan.

Ils se tournent tous les trois vers moi. Je leur souris puis me dirige vers Liam, assis à table, une tasse de café dans les mains. J'embrasse son front et lui demande comment s'est passée sa journée.

— Ça va, merci. Le fait de ne pas être seul est réconfortant.

— Tant mieux.

— Ma mère a fait des chouquettes et même une brioche pour demain matin.

— C'est très gentil, d'ailleurs rien que l'odeur me donne faim !

Liam me tend une petite pâtisserie soufflée et je croque dedans. Je me retourne vers notre cuisinière pour la féliciter :

— C'est délicieux.

Puis mon amant passe un bras autour de ma taille, il semble apaisé, décontracté. Cela me fait chaud au cœur de voir sa famille s'occuper si bien de lui, je suis incapable à cet instant de l'imaginer mêlé à la mafia russe. *C'est impossible.* Maureen vient vers nous timidement, tout en essuyant ses mains sur un torchon.

— On pensait dîner avec vous. Est-ce que cela vous convient, Mégane ?

— Bien sûr ! Mais à une seule condition : ne me vouvoyez plus.

La mère de Liam laisse échapper un petit rire et approuve.

— C'est noté.

Liam se lève au même moment et nous dit qu'il a besoin de prendre une douche. Lorsque je me retrouve en tête à tête avec ses parents, je leur demande :

— Comment s'est passée la journée ?

— Plutôt bien, soupire son père. Il a des moments d'absence, son expression se ferme et il regarde dans le vide, mais dès que nous lançons un sujet, il revient sur terre.

— C'est un bon début. Merci de lui tenir compagnie.

— Ne nous remercie pas, rétorque Maureen. Nous avons eu tellement peur… Cela nous a fait du bien d'être avec lui.

— À ce propos, si je peux me permettre, Liam m'a dit que vous étiez tous les deux à la retraite ?

— C'est bien ça, répond James.

— Je me demandais si vous pouviez rester auprès de lui ces prochains jours. Je ne peux vraiment pas m'absenter du bureau, nous devons continuer l'enquête. Cela peut paraître égoïste de ma part, mais je le fais également pour votre fils. Pour qu'il tourne la page.

— Ce n'est pas du tout égoïste, au contraire ! s'exclame Mme Ronan. Nous comprenons tout à fait et nous sommes là pour vous épauler tous les deux.

— Nous ne voulions pas imposer notre présence, ajoute son mari dans un sourire. Tu peux compter sur nous. On l'emmènera même chez le psy.

— Super, merci beaucoup. Je suis certaine que Liam sera ravi de vous avoir ici quelque temps. Il vous a parlé de son fils ?

— Oui, il a appelé son ex-compagne. Elle est d'accord pour garder Matéo les prochaines semaines. Nous le ramènerons le samedi pour qu'il soit un peu avec son père.

— Parfait, Liam en a grandement besoin, mais nous devons y aller progressivement.

— Tout à fait, approuve James. Comment va votre investigation ?

— On avance petit à petit. Nous avons eu un retournement de situation malheureux aujourd'hui, mais cela nous sera sûrement favorable pour la résolution de l'enquête.

Ils acquiescent et nous continuons de discuter jusqu'à ce que Liam revienne de la douche. Je file ensuite à mon tour, mais avant de rentrer dans la salle de bains je remarque sa tablette posée sur le lit. J'hésite quelques secondes, mais je suis contrainte d'y jeter un œil. Je la prends, la déverrouille et constate d'emblée que son historique de navigation a été effacé. Il n'y a aucune application de réseau social ni de discussion instantanée. Cet iPad sert uniquement à lire des journaux numériques et à jouer aux cartes en ligne – dont le poker. Ce constat est très étrange… Je repose la tablette, l'esprit confus. Que je le veuille ou non, je dois rester sur mes gardes pour m'assurer que Liam est bien qui il prétend être.

Après ma douche, je mets de côté mes doutes et nous passons à table. Le dîner est très agréable. Je fais officiellement connaissance avec les parents de Liam. Une fois le repas terminé, ils ne tardent pas à rentrer chez eux. Liam est soulagé d'apprendre qu'ils reviendront le lendemain, ainsi que les jours suivants, et qu'ils l'accompagneront même trois fois par semaine au cabinet de Patricia.

— Alors, cette journée ? me demande Liam au moment où nous nous couchons.

— Tu veux vraiment que je te réponde ?

— En toute honnêteté, je n'en sais rien. J'ai peur de ce que tu pourrais me raconter.

Je soupire et réfléchis quelques instants.

— L'affaire Vladislav n'est pas encore résolue, mais quelque chose me dit que nous sommes à deux doigts de coincer le Parrain. Attendons quelques jours avant que je ne t'en parle plus en détail. Tu as ton premier rendez-vous avec Patricia demain ?

— Oui.

— Parfait.

Je pose la tête sur son torse afin de clore le sujet, puis nous décidons de regarder un film. Pourquoi est-il si gentil avec moi ? Est-ce un jeu pour lui ? Cherche-t-il des renseignements en fouillant dans mes affaires comme je fais avec les siennes ? Celui qui peut être un suspect dans l'affaire Vladislav me tient dans ses bras. Ce qui fait de lui un potentiel ennemi, quelqu'un que je veux voir derrière les barreaux. Est-il l'assassin de Théodore ? Non. Impossible. Mon sixième sens m'aurait alertée. Je respire profondément pour retrouver mon calme et reste contre lui jusqu'à ce que nous tombions l'un comme l'autre dans les bras de Morphée.

Je me réveille à 2 heures. Il fait sombre dans la chambre de Liam et sa respiration dans mon dos me rend nerveuse malgré moi. En fermant les yeux, j'essaie à nouveau de me détendre. Je suis terrassée par l'épuisement de ces dernières semaines, mais le sommeil ne revient pas. Je décide de me lever sans un bruit et de me faire une tisane. Pendant que l'eau chauffe, je remarque une pile de courrier au bout du plan de travail de la cuisine. Mon pouls accélère. Si je mets mon nez dedans, je suspecterai officiellement Liam. Mon côté Sherlock Holmes prend le dessus, j'ouvre quelques enveloppes en moins de deux. Et ce que je découvre me glace le sang. Liam a un compte bancaire en… Russie. Je parcours le relevé des yeux, mais, ne parlant pas un mot de la langue slave, il m'est impossible de déchiffrer les transactions. Je prends en photo les différentes pages et remets tout en place. Je prépare ma tisane les mains tremblantes. Encore un indice inquiétant… Se pourrait-il que tout ceci ne soit qu'un cauchemar sorti de mon esprit épuisé ? Je saisis mon carnet de notes dans mon sac à main dans l'entrée, m'installe dans le salon et commence à écrire tous les détails. Notre rencontre, la partie de poker, le kidnapping, les tickets de stationnement et maintenant le compte bancaire russe. Puis, je regrette. J'arrache les pages de mon petit carnet et les déchire en mille morçeaux. Si Liam tombe dessus, peu importe le scénario, les choses se gâteront : soit il est innocent et il met fin à notre relation ; soit il est coupable et il apprend que je doute de lui. Je jette un coup d'œil aux photos du relevé bancaire russe et commence à traduire sur mon téléphone les libellés des transactions. Le document ne me révèle pas grand-chose : quelques retraits de liquide et une entrée mensuelle fixe permettant d'alimenter le compte. Le tout depuis Moscou, ce qui est complètement incohérent avec la localisation de Liam en France.

— Tout va bien ?

Je sursaute et me retourne : Liam se tient debout les mains dans les poches.

— Oui, je… suis inquiète à propos de l'enquête.

En essayant de conserver mon calme, je m'humecte les lèvres. Il plisse les yeux, il comprend que je mens.

— Tu peux m'en parler, tu sais ?

Il contourne le canapé et s'assoit à mes côtés. Troublée, je fixe mon carnet de notes qui renferme les morceaux déchirés et hausse les épaules. Mon ventre se contracte, je veux résister à la peur, mais je ne peux pas m'empêcher d'être angoissée en le voyant. Liam saisit mon menton pour mieux tourner mon visage vers le sien. Je m'arrête de respirer, les yeux rivés sur ses traits parfaits. Il me contemple et tout autour de nous disparaît et devient flou. J'oublie totalement ma méfiance et, à ma grande surprise, un soupçon d'ardeur s'éveille en moi. Mes doutes s'envolent, mon corps n'a pas l'air de comprendre que l'homme en face de moi est suspect. Liam se penche et je m'immobilise en retenant mon souffle tandis que ses lèvres effleurent mon oreille gauche. Je commence à frissonner et j'essaie de me dérober, mais il n'y a aucune issue à l'horizon. Son grand corps musclé me cerne complètement à présent et je me laisse emporter par la vague de désir qui nous unit.

CHAPITRE 25

Une dure mission

Il est 8 heures précises lorsque je pose mon café sur mon bureau à la BRI. Le retour à la réalité est brutal. Je me regarde fixement dans le reflet de l'écran de mon ordinateur encore éteint et je vois de la déception sur mon visage. Nos corps qui s'emboîtaient il y a quelques heures encore, ses mains sur moi, sa voix rauque et impatiente… Je suis prise au piège. Liam ne me laisse pas indifférente, je suis interdite par ma propre faiblesse. Soudain, mon téléphone vibre sur mon bureau. Je décroche dès que je lis le nom d'Anthony sur l'écran.

— Mégane, Soan m'a contacté hier soir.

Mon collègue me parle sur un ton sec sans prendre la peine de m'adresser la moindre salutation.

— Il m'a parlé de Liam.

Le sol se dérobe sous mes pieds, je me réfugie dans une petite salle de réunion. Je bafouille sans réellement comprendre ce qu'il vient de me dire. Qu'est-ce que notre indicateur peut bien savoir sur lui ?

— Il… Liam ? Tu es sûr ?

— Il m'a dit de garder un œil sur ton petit copain sans pour autant rentrer dans les détails. Je n'en sais pas plus, c'est pour ça que je me tourne vers toi.

Ma respiration entrecoupée me fait mal à la poitrine.

— Qu'est-ce qu'il se passe, Mégane ? Qui est Liam Ronan ?

— Anthony…

Après un long soupir, je lui raconte tous les indices que j'ai découverts ces derniers jours : le compte bancaire russe, l'iPad qui semble tout droit sorti de l'usine, les tickets de stationnement et les images de vidéosurveillance du parking. Contre toute attente, je m'enlève un poids des épaules.

— Pourquoi tu ne m'as rien dit ?

— J'allais t'en parler, je ne voulais tout simplement pas me précipiter et paraître parano.

Anthony n'en revient pas et s'énerve de l'autre côté du combiné quelques instants.

— N'en parlons à personne tant que nous n'avons pas de preuves concrètes, finit-il par réagir. Ne tirons pas des conclusions hâtives.

— On devrait prévenir le commandant, tu ne crois pas ?

— Non, Mégane. Ne l'inquiétons pas tant que nous ne sommes pas sûrs. Et si nous prévenons toute la brigade, il peut y avoir une taupe, une fuite… C'est peut-être notre seule chance de coincer Vladislav et de venger la mort de Théodore.

J'essaye de me dire qu'il a certainement raison pour calmer mes nerfs à vifs. J'ai l'habitude des hommes dangereux. Liam est peut-être comme eux, mais s'il ne sait pas que je doute de lui, alors tout ira bien. J'obtiendrai les informations que je pourrai et il disparaîtra de ma vie. Plus vite ce sera fait, plus vite se sera fini.

— Très bien.

— Fais comme si de rien n'était, surveille-le et tiens-moi au courant. Tu peux le faire Mégane, ça fait aussi parti de notre job.

— Je sais.

— On se rappelle dans la journée.

— OK.

Je raccroche complètement déstabilisée. Même Soan semble savoir quelque chose sur Liam… La journée va être longue, mais je suis ravie de constater que le reste de mon équipe ne tarde pas à arriver. Ils sont tout aussi pressés que moi d'avoir les premiers résultats des tests lancés par Julie la veille. Ainsi, nous nous regroupons à 9 heures dans une petite salle de réunion. Je suis en pleine discussion avec Gaspard, Valentin, Héloïse et Marc, lorsque notre collègue scientifique arrive avec son ordinateur portable et un dossier sous le bras. Je lis sur son visage une expression paniquée.

— Vous n'allez pas me croire, dit-elle, bouleversée, en s'asseyant au milieu de nous.

— Qu'est-ce qu'il y a ? s'inquiète Héloïse. Tu es toute pâle.

Mon pouls s'affole pendant que Julie branche son ordinateur au vidéoprojecteur. Le rapport de la balistique s'affiche aussitôt sur l'écran géant. Nous l'analysons en silence puis nous figeons.

— La balle retirée de la poitrine de Sacha correspond à l'arme de Théodore, murmure Gaspard.

Mon rythme cardiaque accélère encore plus. Il ne s'agit pas de Liam, mais les nouvelles sont troublantes.

— C'est quoi ce bordel ? lâche Valentin.

— Il a utilisé l'arme de Théodore, pense Marc à haute voix. On ne l'a jamais retrouvée. Cela confirme que le Premier Fidèle l'a récupérée. Mais pourquoi s'en servir pour tuer Sacha ? Ce n'est pas logique.

Je reste silencieuse et analyse toutes les informations que

mes collègues et moi partageons. Quelque chose ne tourne pas rond.

— Dans les archives, les blessures sont quasi identiques sur toutes les victimes. Théodore a été le seul carbonisé, se remémore Valentin.

— Sûrement pour nous faire passer un message, suggère Héloïse. Ce n'était pas un traître à leur organisation ou quelqu'un qui avait une dette envers eux. Toutes les victimes liées à la mafia russe étaient soit l'un, soit l'autre. Sauf Maxime Canva. Nous n'avons pas encore réussi à faire le lien.

— Anthony, lui, soupçonne une dette à cause du poker, n'est-ce pas, Mégane ? m'interroge Gaspard.

Je fais un signe affirmatif de la tête.

— Tu en es où avec les empreintes digitales relevées chez Sacha ? demande Marc à Julie.

— J'attends un mail avec les derniers résultats. Jusqu'ici, nous avons identifié Yana et des membres de Vandolskaïa. Rien d'anormal pour le moment.

— Le Premier Fidèle et Vladislav veulent nous déstabiliser, conclut Gaspard. C'est la seule explication possible.

— Mais ce n'est pas logique, ajoute Valentin. Le Premier Fidèle n'assassinerait pas le futur gendre de son chef. Le Parrain l'éliminerait d'office.

— Rien n'est logique dans cette histoire, je te l'accorde.

Gaspard soupire et commence à faire les cent pas dans la salle de réunion. Je repasse en boucle tous les éléments que j'ai en ma possession. Le meurtre de Sacha a été soudain. Au vu de la réaction de Yana, elle n'est pas impliquée. Mais qu'en est-il de son père ? Est-ce une vengeance ou un avertissement des Chens, la mafia rivale d'Espagne, visant le Parrain parisien ? Au même moment, Julie reçoit un mail dont l'objet est « URGENT : DERNIERS RÉSULTATS DES EMPREINTES DIGITALES » et l'ouvre sous nos yeux. Celui-ci s'affiche sur l'écran géant. Mon cœur s'arrête net dès que mon regard se pose sur la première ligne.

— On a retrouvé l'ADN de Théodore chez Sacha, souffle Julie.

C'était l'ultime preuve qu'il me fallait pour confirmer mes doutes :

— Appelons immédiatement le commandant Chaz en visioconférence.

Je compose le numéro de notre supérieur sur le terminal numérique de la salle de réunion pour lancer l'appel vidéo. Mes collègues me dévisagent, je m'explique :

— Théodore est en vie. On s'est fait duper depuis le début.

— Quoi ? s'indignent plusieurs de mes collègues.

Le commandant Chaz répond aussitôt, il devine l'urgence de la situation. Il est assis dans un grand fauteuil, le visage pâle, mais nous salue d'un ton toujours aussi autoritaire. J'inclus également Anthony dans notre visioconférence. Nous ne perdons pas de temps, je leur fais part des résultats que nous venons de recevoir et mon point de vue. Mes collègues doivent me prendre pour une folle, car ils restent muets comme des carpes. Mais c'est la seule hypothèse envisageable. Mon coéquipier n'est cependant pas du même avis et monte sur ses grands chevaux :

— C'est impossible, Mégane ! s'exclame Anthony. Tu dis des conneries ! Je l'ai vu ! Carbonisé !

Je savais qu'il allait être le plus dur à convaincre, pourtant je ne lâche pas l'affaire :

— Réfléchis deux secondes à cette possibilité !

— Je refuse d'imaginer ce scénario, Mégane ! Tu es folle !

— Anthony, calmez-vous et restez respectueux envers votre collègue ! le réprimande notre supérieur. Nous sommes tous dans une situation de stress. Cette investigation nous rend dingues ! Mais restons courtois. Julie, savez-vous qui est l'auteur du rapport d'autopsie de Théodore ?

— Simon, mon commandant. Je m'en souviens très bien, car je n'ai pas analysé la scène de crime ni enquêté sur quoi que ce soit. Il s'est proposé de le faire à ma place, pour que ce ne soit pas trop dur, vu que nous étions proches. Simon ne connaissait pas vraiment Théodore, donc c'était plus simple pour lui.

— Plus simple ou plus arrangeant ?

— Où veux-tu en venir, Mégane ? Ça n'a pas de sens ! Théodore est mort !

— Anthony, nous devons exploiter tous les cas de figure ! Ne laisse pas tes émotions prendre le dessus ! S'il est en vie, nous avons tous merdé. Tous ! Julie, est-ce que tu peux nous montrer les photos du cadavre de Théodore ?

Mes collègues retiennent leur respiration, inquiets. Le silence règne dans la pièce lorsque nous étudions les clichés, malheureusement si familiers. Soudain, mes yeux s'arrêtent sur un détail : il n'y a aucun sillon au sol. Théodore a été déposé, contrairement aux autres victimes sauvagement traînées. Des taches de sang autour de son crâne m'interpellent.

— Un corps carbonisé sur place ne laisserait pas de traces si visibles et rougeâtres au sol. Le sang a été placé après.

Je suis estomaquée. Nous étions aveuglés par son meurtre. Comment aucun de nous n'a-t-il vu ce détail ?

— Comment avons-nous identifié Théodore ?

— Son portable, son GPS et son bipeur ont été trouvés sur les lieux, liste Julie. Le sang analysé est celui de Théodore.

Notre scientifique plonge le nez dans le rapport d'autopsie officiel de notre ancien collègue disparu et continue :

— Le cadavre était calciné à quatre-vingt-quinze pour cent, il était ainsi impossible de relever les empreintes de Théodore ou de procéder à une analyse d'ADN cellulaire. Ils se sont alors basés sur l'ADN présent sur les vêtements. Plusieurs biens personnels lui appartenant ont été retrouvés, cela a donc été suffisant pour l'identifier. Ils n'ont pas jugé nécessaire de faire une recherche d'ADN mitochondrial, présent notamment dans la moelle des os, ni une identification dentaire. Je peux essayer de récupérer un fragment d'ADN de Théodore. Je sais qu'il existe un laboratoire autrichien qui a réussi à identifier un corps complètement calciné à partir d'un fragment d'ADN. C'est une des dernières évolutions très importantes dans le domaine médico-légal.

— Très bien, Julie, reprend notre supérieur. Essayez de contacter ce laboratoire, afin de vérifier l'identité du corps calciné.

— Mais, mon commandant…

— Anthony, je sais à quel point cela peut paraître fou. Mais, comme le dit Mégane, nous devons exploiter chaque piste.

Un nouveau silence règne dans la salle de réunion et notre major souffle :

— Pas un mot à Simon ni à personne d'autre. Nous ne pouvons compter que sur nous huit. Anthony a raison, nous avons peut-être une taupe dans la brigade.

CHAPITRE 26

Le retour du commandant

Après la réunion, qui a pris un tournant inattendu, nous allons chercher nos affaires puis retournons dans la salle de conférence. Nous devons travailler en équipe et personne ne doit nous entendre. Marc s'active aussitôt avec Héloïse sur la recherche des caméras de vigilance dans un rayon de vingt kilomètres autour du domicile de Sacha. Julie contacte en parallèle le laboratoire autrichien, qui lui répond qu'il leur faudra au minimum deux mois pour réussir à nous donner une réponse fiable. Même si nous n'avons pas ce laps de temps à notre disposition, notre collègue scientifique file dans son atelier préparer les éléments nécessaires au travail des Autrichiens.

De mon côté, j'analyse attentivement le dossier d'autopsie, tandis que Gaspard et Valentin, qui ont rapporté toutes les archives, continuent de les éplucher une à une. La journée s'écoule ainsi, sans trouver le moindre indice supplémentaire.

Nous décidons de rentrer nous reposer. Alors que je m'apprête à récupérer mon véhicule, je remarque qu'un individu, à l'entrée du parking souterrain, me fixe. Dès qu'il m'aperçoit, il prend la fuite ! Je distingue un homme brun, vêtu de noir de la tête aux pieds, portant une casquette rouge.

J'envoie un message à Anthony pour le prévenir, nous vérifierons les caméras de surveillance demain. Ce n'est sûrement rien, je suis exténuée, sans une once de courage pour remonter dans nos bureaux. J'entre dans ma voiture, passe par chez moi, puis prends la route la plus longue pour rejoindre Liam. Je n'ai pas envie de faire face à la réalité. Qui vais-je retrouver ? Liam, mon Vodka-orange du premier soir ? Ou Liam, un infiltré de la mafia russe ? Afin de ne pas lui mettre la puce à l'oreille, je finis par le retrouver. Lorsque je pénètre dans son appartement, une odeur exquise émane de la cuisine. En fermant la porte, j'affiche un sourire d'emprunt en enlevant ma veste et me tourne pour lui faire face, prête à jouer mon rôle. Mais Liam est déjà près de moi, il m'a rejointe dans l'entrée sans un bruit.

— Bonsoir, Coup-d'un-soir.

Mon pouls s'affole, il est si proche que je peux inhaler son odeur, si proche qu'il peut me toucher. Ce qu'il fait. En levant sa main, il caresse ma joue du bout des doigts et la réaction de mon propre corps me trouble ! Ma peau s'embrase, ma respiration accélère. Il n'est pas logique de désirer cet homme qui peut être lié à l'affaire Vladislav. Et pourtant, son geste qui devrait être sans importance et intime est très déconcertant.

— Bonsoir… Vodka-orange.

Je ne suis plus qu'une femme sous son emprise. Liam me touche ensuite pour de bon, ses mains attrapant mes hanches pour les ramener contre lui. Je lutte contre le désir, mais cède au moment où une vague de plaisir remonte de je ne sais où. Il ne quitte pas mon visage des yeux, je voudrais tant fermer les miens ou les détourner… Mais j'en suis incapable. Je ne veux pas non plus lui montrer que je doute de ses intentions. Alors, au lieu de me dérober, je l'examine à mon tour et je vois l'excitation monter en lui aussi. Il serre la mâchoire, plisse les yeux et je ne sais pas ce qui me pousse à faire le premier pas. Je l'embrasse et dès que nos lèvres se rejoignent, mon anxiété se volatilise complètement afin d'être remplacée par une flamme douloureuse. J'ai envie de lui plus que je ne le crains. Même si cette relation est vouée à l'échec, notre amour est impossible et incontrôlable en même temps. L'inconfort que j'ai ressenti plus tôt s'envole, puis mes doutes s'évaporent quand il me soulève pour me porter jusqu'à la chambre. Liam glisse une main dans mes cheveux, je m'accroche à sa nuque tout en me cambrant contre lui. Il m'embrasse fougueusement, j'aime son goût brûlant et passionné. Je suis incapable de lui résister et m'abandonne définitivement.

Après une douche méritée et un dîner préparé par Liam lui-même, nous retournons nous coucher, prêts à dormir cette fois-ci.

— Tu me rends fou, murmure Liam en collant mon dos contre son torse et en m'enlaçant. Merci de faire partie de ma vie.

Je sais que je devrais lui dire des mots doux, le flatter, lui dire à quel point cette soirée était merveilleuse. Ce ne serait même pas un mensonge, mais je n'y arrive pas. Je me sens vulnérable. Avec Liam, je ne contrôle plus rien et le savoir me fait peur. Je ne sais pas s'il s'en rend compte ou s'il veut seulement jouer avec moi dans le but de me soutirer des informations lui aussi. Essayant éperdument de trouver mes mots, je renferme encore plus ses bras contre de moi, fuyant les sentiments contradictoires qui se bousculent dans mon cœur. Je suis en miettes, brisée à la fois par la douleur et par le plaisir. Ce que je traverse déchire mon âme et me bouleverse. Mes larmes menacent de se répandre et je ferme plus fort les yeux pour les empêcher de couler. Je ne peux pas me permettre le luxe de pleurer. Quel que soit le sens de notre relation, quelles que soient les intentions de Liam à mon égard, je dois le supporter.

Le lendemain matin, je me prépare dans la salle de bains. Liam est déjà parti pour un rendez-vous médical de contrôle. À la recherche d'une nouvelle serviette de toilette, j'ouvre la colonne de rangement. Je me fige à la vue d'un sac en plastique sur la dernière étagère remplie de vêtements. Mon instinct me pousse à l'ouvrir. J'étale les affaires à même le sol : un pantalon de jogging, un pull, une paire de chaussures de marche et une casquette. Tout est de couleur noire, sauf la casquette qui est… rouge. Je me fige et tout s'écroule autour de moi. Je suis prise d'un sanglot soudain et incontrôlable. Liam… Mon Liam. C'était donc lui ? Pourquoi m'a-t-il surveillée hier depuis l'entrée du parking souterrain de la BRI ? J'ai trainé ensuite pour le rejoindre, ce qui lui a permis de préparer un dîner exquis pour brouiller les pistes. C'est donc pour cette raison qu'il m'a tenue sous son charme dès mon arrivée… Pour que je ne le soupçonne pas, pour que je ne le questionne pas. Je remets toutes les affaires dans le sac plastique et le range sous le meuble. Je me ressaisis et prends sur moi. Je refuse de me laisser abattre.

Une heure plus tard, j'entre dans les locaux de la BRI et je ne suis pas étonnée de voir le commandant Chaz et Anthony de retour au bureau. Notre supérieur a revêtu son plus beau costume et marche à l'aide d'une béquille. Anthony, lui, a le bras droit immobilisé grâce à une grande attelle. Après un accueil chaleureux de la part de tous nos collègues, je prépare une salle de réunion pour ne pas perdre de temps dans notre enquête. Je n'ai pas besoin d'appeler notre brigade : Gaspard, Valentin, Julie, Héloïse et Marc viennent immédiatement s'installer avec moi. Nous sommes tendus et, lorsque notre supérieur rentre dans la pièce, suivi de notre coéquipier, nous savons que l'heure est grave.

— Au boulot, soupire notre chef. Dites-moi tout ce que vous avez trouvé.

— Rien de plus dans les archives, mon commandant, répond Gaspard. On est dans une impasse.

— J'ai contacté le laboratoire autrichien, ils m'ont indiqué qu'ils peuvent mettre jusqu'à deux mois pour identifier le corps calciné.

Julie commence à faire les cent pas et poursuit :

— Je ne vois qu'une issue de secours. Nous devons interroger Simon.

— Personne ne doit soupçonner que Théodore est en vie.

— Il est mort, jusqu'à preuve du contraire, marmonne Anthony.

Marc se lève au même moment, branche son ordinateur sur l'écran géant.

— J'ai trouvé ça ce matin, dit-il d'une voix tremblante.

Il ouvre l'enregistrement d'une caméra de vigilance datant

du jour du meurtre de Sacha. Une voiture blindée Range Rover roule à toute allure et, lorsqu'il zoome sur le conducteur, le profil de l'homme ressemble à Théodore.

— Ça ne prouve rien, insiste Anthony.

Je ne peux pas m'empêcher de penser à l'homme sur la vidéosurveillance du parking près du club de Yana. Cela ne prouve pas que c'est Liam non plus. Un long silence règne dans la pièce, nous attendons les ordres du commandant Chaz. Au bout de quelques minutes, il se passe la main sur le visage et tranche :

— Julie, Anthony et Mégane, interrogez Simon dans la plus grande discrétion en fin de journée. Prétextez une réunion d'urgence lorsque les autres brigades auront terminé leurs journées. Marc et Héloïse, suivez le parcours de ce véhicule dans la capitale et essayez d'avoir une image plus nette du conducteur.

Nous approuvons d'un signe de tête. Il se tourne ensuite vers Gaspard et Valentin.

— Vous deux, allez voir le procureur et expliquez-lui où en est l'enquête. Voyez avec lui pour perquisitionner L'Étoile Lounge Club. Un détail me hante depuis que Mégane a mentionné la possibilité d'un sous-sol dans ce club. On cherche à la surface depuis des mois, il est temps de creuser sous terre.

Mes collègues s'activent d'emblée et je traine un peu pour rester seule avec mon supérieur.

— Comment allez-vous, mon commandant ?

— Oh, vous savez, on ne m'aura pas aussi facilement ! plaisante-t-il.

Je suis étonnée de le voir sourire et prendre à la légère ce qui lui est arrivé.

— Inutile de vous cacher sous votre carapace.

— Arrêtez, Mégane, on dirait ma femme.

Je laisse échapper un petit rire puis l'aide à se relever. Il me repousse en grognant.

— Ça fait plus de sept ans que je suis sur cette affaire. Je sens qu'on arrive au bout. Vous avez fait du bon boulot, Mégane. Je ne m'attendais pas à autant de votre part quand je vous ai nommée aux côtés de l'agent Brent.

Je soupire et croise les bras.

— Je vous ai quand même déçu avec Liam Ronan.

— Déçu ? Parce que vous êtes tombée amoureuse ? Je peux paraître très autoritaire, mais je suis conscient que cela arrive tous les jours. Vous ne le savez peut-être pas, mais j'ai rencontré ma femme ici même, dans les bureaux de la police judiciaire. Elle était secrétaire, et moi, encore un insouciant policier stagiaire, de cinq ans son cadet. On se cachait dans les archives régulièrement.

L'homme sourit de toutes ses dents, comme je ne l'ai jamais vu faire, et j'éclate de rire.

— Je ne vous croyais pas si indiscipliné, mon commandant.

— On a tous été jeunes et amoureux un jour, Mégane. Et je suis fier d'avoir conquis ma femme ici. Maintenant, assez bavardé, agent Santiago, nous devons coincer Vladislav le plus rapidement possible. Il est temps pour moi de partir à la retraite.

— À ce propos, je dois vous avouer quelque chose. Je crois que je me suis trompée.

Mon estomac se serre, mon ton n'est plus aussi jovial.

— Je ne suis plus certaine que Liam soit digne de confiance. J'ai trouvé des choses chez lui qui m'intriguent et…

Je soupire une nouvelle fois en secouant la tête.

— Mégane ?

— Mon commandant, je pense qu'il est un Hyène et qu'il fait partie des Vandolskaïa.

Ces quelques mots me brisent. Mon supérieur fronce les sourcils. Il refuse de me croire.

— Ce sont certainement des coïncidences, conclut-il. Nous ne pouvons pas avoir commis cette erreur, nous avons mené notre enquête lors de la partie de poker illégale.

— Peut-être que quelque chose nous a échappé.

Le soixantenaire réfléchit quelques instants.

— Dans ce cas, changeons nos plans pour aujourd'hui. Surveillez-le et rentrez uniquement en fin de journée pour l'interrogatoire de Simon. Tant que nous n'aurons pas une preuve claire et nette de son implication, le mieux est de n'en parler à personne. Prenez une voiture civile de la brigade.

— Anthony est au courant, Soan l'a contacté à propos de Liam. Il lui a dit de garder un œil sur lui. De mon côté, j'ai des tickets de stationnement près du club, du courrier suspect, sa tablette est…

— Il n'a pas de tatouage, tranche le commandant Chaz.

Il n'a pas tort, mais je n'arrive pas à me rassurer.

— Filez, m'ordonne mon chef. Je m'occupe de prévenir la brigade que vous partez pour une mission fortuite. N'oubliez pas de prendre des photos et de me maintenir informé.

J'acquiesce tandis que mon pouls accélère à l'idée de passer la journée à espionner Liam.

CHAPITRE 27

Jusqu'à preuve du contraire

Je n'ai rencontré aucune difficulté à géolocaliser Liam. Les données de son téléphone portable ne sont pas protégées, ce qui ne colle pas avec celles de sa tablette qui semblent, au contraire, minutieusement contrôlées. Cela fait une trentaine de minutes que je suis garée devant le Centre des Affaires d'Issy-Les-Molineaux. Il m'a dit qu'il ferait un tour ce matin avec son père dans leur entreprise. Même si M. Ronan est à la retraite, il garde toujours un œil sur la société. Depuis ma voiture, je repère son véhicule stationné dans le parking privé de l'autre côté de la rue. Cet espace de coworking est l'un des plus grands pôles d'affaires de l'Ouest parisien, je ne savais pas que Liam y avait ses bureaux. Cela ne devrait pourtant pas m'étonner pour un entrepreneur de l'automobile qui a fait HEC. Je ne devrais pas penser tant à lui. Pourtant je le fais. Je pense sans cesse à lui, à sa manière de me regarder, à sa façon de me toucher. Même si mon rêve est à deux doigts de voler en éclat au contact de la réalité. En effet, je suis consciente que ma vie peut basculer en une fraction de seconde. Il suffit que Liam sorte de cet édifice accompagné d'un Hyène ou d'un membre des Vandolskaïa déjà identifié dans notre base de données. Son père serait-il aussi complice ? Je le découvrirai tôt ou tard, nous sommes si proches du but… Plusieurs scénarios me traversent l'esprit pendant les longues heures d'attente. Trois cafés et un paquet de M&Ms plus tard, Liam quitte le bâtiment accompagné de ses parents. Je le guette et démarre lorsqu'ils montent dans la Peugeot 307 rouge. Laissant trois voitures entre nous, je les suis pendant une quarantaine de minutes sans être repérée grâce aux embouteillages parisiens. Nous nous rapprochons du quartier où il loge. Puis, ils s'engagent dans une petite ruelle et s'arrêtent en double file, les quatre clignotants activés. Je suis contrainte d'en faire tout autant sans les dépasser. Liam sort ensuite à toute vitesse de la voiture, traverse et s'engouffre dans un immeuble. L'adrénaline monte, mon pouls s'affole. J'attrape mon appareil photo, ajuste l'objectif et pointe vers la porte. Soudain, il ressort ! Je capture le moment avec une rafale de clichés, mais me stoppe presque aussitôt. Liam porte son fils dans les bras, je le reconnais grâce au portrait affiché dans son salon. Il est venu le chercher à l'école, Matéo est en maternelle… Submergée d'une vague d'émotions contradictoires – je suis à la fois déçue et soulagée –, je baisse la tête en rangeant ma caméra. En relevant discrètement les yeux, je remarque qu'un individu guette tous les faits et gestes de mon amant pendant que celui-ci installe son enfant sur le siège-auto. L'individu finit par se retourner au moment où Liam monte côté passager et je le reconnais aussitôt ! Soan ! Je le prends rapidement en photo juste au cas où. Pourquoi notre indicateur suit-il Liam ? Parce qu'il est lié à Vladislav et notre indic se renseigne pour nous informer. Je ne vois pas d'autres explications. Mes conclusions ne sont pas les meilleures tout comme je le craignais. M. Ronan démarre, Soan quitte la ruelle. Je jette un coup d'œil à ma montre : 18 heures. Il est temps de rentrer à la brigade. Je n'en saurai pas plus aujourd'hui, mais je réalise à quel point nous devons continuer de surveiller Liam. Je ne peux pas écarter toutes les pistes que j'ai trouvées chez lui uniquement parce qu'elles ne correspondent pas à mes attentes.

Une demi-heure plus tard, je suis de retour au poste. J'explique rapidement ce que j'ai vu au commandant Chaz qui confirme que rien ne va dans cette histoire. Je m'éclipse ensuite pour retrouver mes collègues qui s'apprêtent à interroger le technicien scientifique de notre enquête.

— Simon, commence Julie calmement, on a besoin de te parler, mais notre discussion doit rester confidentielle.

Je ferme la porte de la minuscule salle de réunion, tandis que Julie fait signe à son collègue de laboratoire de s'asseoir en face d'elle et qu'Anthony s'adosse contre le mur.

— Nous ne t'enregistrerons pas, toutefois il est important pour nous que tu répondes sincèrement à nos questions.

Le scientifique fronce les sourcils en prenant place et essaye de cerner pour quelle raison nous le convoquons en toute discrétion.

— On souhaite échanger avec toi sur le meurtre de Théodore.

Simon se raidit, son visage devient pâle, presque blême.

— Ce n'est pas un interrogatoire, ne panique pas. Mais j'ai besoin de comprendre comment la recherche d'indices sur le lieu du crime a été faite.

Le trentenaire ferme les paupières et je devine qu'il commence à avoir des sueurs froides. Nous le laissons réfléchir à sa réponse. Ma collègue explique pendant de longues minutes les incohérences que nous avons constatées à la suite du décès de Sacha. Rien n'y fait, il reste réticent. Au bout d'une bonne heure, alors que nous perdons tout espoir d'obtenir des informations et qu'Anthony se réjouit silencieusement, Simon prend une profonde inspiration et fixe Julie.

— Je veux un avocat, dit-il d'un ton angoissé.

— Si tu en demandes un, tout ça deviendra officiel.

— Il saura que j'ai parlé, dans tous les cas.

— Qui ?

Je jette un œil vers Anthony qui écarquille les yeux. Mon pouls accélère et je laisse encore quelques instants à Julie avant d'intervenir.

— Qui, Simon ? Tu sais que tu peux nous faire confiance.

— Mais pas à lui.

Un silence règne dans la pièce.

— Je veux un avocat, répète-t-il.

— Tu n'en auras pas tant que tu ne nous auras pas dit ce que tu nous caches.

— Je ne suis pas certain de ce que vous cherchez, mais dans tous les cas, je…

— Alors pourquoi tu veux un avocat ? s'exclame Julie. Tu te fous de nous ! On tourne en rond !

C'est la première fois que je vois ma collègue perdre patience. Elle doit sûrement s'en vouloir d'avoir délégué ce travail à Simon lors du « meurtre » de Théodore…

— Calme-toi, il n'y est pour rien.

— Arrête de le défendre, Anthony !

Je me racle la gorge, car il est l'heure pour moi de prendre le relais.

— Simon, tu sais très bien qu'on peut rester ici des heures. Tu céderas à la pression, donc je te conseille de nous faire gagner du temps. Le rapport d'autopsie de Théodore a été rendu trop rapidement, comme s'il fallait classer l'affaire au plus vite.

— C'était le cas, essaye-t-il de se justifier. Ce n'est jamais facile quand un collègue décède.

— Je n'ai pas retrouvé les fragments de vêtements avec l'ADN du cadavre, que tu mentionnes, reprend calmement Julie. Tu ne t'es même pas dit qu'il fallait retourner sur le lieu du meurtre, analyser les dents, de…

— Il m'a menacé.

Mon cœur s'arrête. *On y est.*

— Qui ?

— Ne m'obligez pas à prononcer son nom à haute voix, vous savez pertinemment de qui je parle.

C'est à mon tour de devenir impatiente :

— Théodore ?

— Arrête, Mégane, il est mort ! s'énerve Anthony. C'est impossible, tu ne…

— Oui, l'interrompt notre collègue.

La réponse de Simon est un coup de massue pour mon coéquipier.

— Comment… bégaye-t-il. Qu'est-ce que tu viens de dire ?

Je répète ma question pour être sûre de ce qu'il nous révèle :

— Théodore Martin ? Il serait donc… en vie ?

Simon acquiesce en fixant ses doigts qu'il tripote nerveusement. Il se cache ensuite le visage entre les mains, il tremble comme une feuille.

— J'ai reçu un message la veille de la disparition de Théodore, bafouille le scientifique. Je devais me rendre sur les lieux du prochain meurtre de votre affaire et empêcher Julie de s'occuper de la scène de crime… Ils avaient une photo de ma femme et de mon fils à la sortie de l'école… J'ai tout de suite compris ce qu'il se tramait. Le message était clair : je devais me baser sur les indices présents sur le lieu du crime pour identifier le cadavre… Je suis désolé…

Anthony tombe des nues. Il recule jusqu'à la porte, l'ouvre puis sort de la salle de réunion précipitamment. Je regarde Julie qui me fait signe de le suivre. Je l'entends dire lorsque je quitte la pièce :

— J'ai besoin de ta déposition, Simon. Nous ferons tout pour te protéger jusqu'à ce que tout ça soit terminé.

Je cherche Anthony pendant plusieurs minutes et le retrouve dans un coin retiré de la terrasse, en train de fumer nerveusement. Je me rapproche avec lenteur puis m'assois à ses côtés. Je reste silencieuse, car j'imagine qu'il n'a aucune envie de débattre sur le sujet. Lorsqu'il finit sa cigarette, il porte une main à son épaule et réajuste son attelle.

— Tu as mal ?

— Pas autant que psychologiquement.

— Julie prend sa déposition, nous devons engager une procédure de protection de témoin. Allons voir le commandant Chaz.

Anthony me retient par le bras quand je m'apprête à me lever et braque les yeux sur moi :

— Tu crois que Simon dit la vérité ? Qu'il est vraiment en vie ?

— Tu nous as toujours dit que, jusqu'à preuve du contraire, Théodore est mort. Nous savons à présent que le rapport d'autopsie a été corrompu. À nous de découvrir pourquoi.

Je lui souris et il acquiesce. Je suis dans son camp, je veux qu'il comprenne qu'il n'est aucunement responsable de ce qu'il s'est passé.

Dans le bureau du commandant Chaz, Julie lit à haute voix la déposition de Simon. Celui-ci a été aussitôt amené dans une salle à part, surveillé par des agents de la police judiciaire et sous haute protection. Nos collègues n'en reviennent pas, ils semblent choqués de la tournure que l'affaire a prise ces dernières heures. Notre scientifique nous précise avoir tout envoyé au laboratoire autrichien et qu'elle nous tiendra au courant dès qu'elle obtiendra la moindre information au sujet du cadavre. Gaspard et Valentin indiquent à leur tour que nous avons le feu vert pour la perquisition :

— Le procureur de la République nous autorise une fouille du club, même si Yana Piotr n'est pas présente. Nous pourrons y aller au forcing exceptionnellement, nous sommes certains qu'il y aura de toute façon au moins deux témoins sur place.

— Très bien. Marc et Héloïse, où en êtes-vous dans l'identification du conducteur ? Avons-nous une confirmation visuelle ?

Le technicien remonte ses lunettes puis se racle la gorge en pianotant sur son ordinateur.

— Souvenez-vous, le jour de la disparition de Théodore, l'ancien propriétaire de L'Étoile Lounge Club, Mark Andrzeg, a eu un soi-disant accident sur le périphérique. Nous avons conclu que le rapport d'expertise du véhicule était douteux et nous avons trouvé très étrange le déménagement si précipité de sa femme en Pologne. J'ai donc envisagé la possibilité de repérer ce même Range Rover à Saint-Denis, chez Mark, et au garage d'expertise, proche de la porte de Vincennes.

Une dizaine de clichés s'affichent sur l'écran. Anthony lâche un juron. Le commandant Chaz soupire avant de se cacher le visage entre les mains. Toutes les photos montrent Théodore sous différents angles. Il n'y a plus de doutes, notre collègue a très probablement changé de camp et nous a trahis. Notre chef reprend ses esprits puis demande à Marc :

— Vous qui avez surveillé de près le club ces dernières semaines, quelle est, selon vous, la meilleure heure pour la perquisition ?

— Je suppose que notre objectif est d'interpeller le maximum de membres des Vandolskaïa si nous trouvons quelque chose d'illégal sur place, n'est-ce pas ?

Notre major acquiesce et attend sa proposition.

— Je dirais vers 14 heures, mon commandant. C'est l'heure à laquelle je dénombre le plus de personnes à l'intérieur en journée.

— Eh bien, c'est décidé, nous interviendrons donc demain, à 14 heures. Mégane, Gaspard et Valentin, vous mènerez la perquisition. Je veux que Manon et Adrien assurent vos arrières et que Victor vous accompagne à l'intérieur du club. Je m'occupe de contacter une autre brigade afin qu'elle mette à notre disposition une dizaine d'hommes pour nous soutenir dans cette nouvelle opération.

— Et moi, mon commandant ? s'inquiète Anthony.

— Vous resterez ici. Ce n'est pas négociable.

— Mais, je…

Le sexagénaire le pointe du doigt et l'interrompt :

— Vous et moi, nous n'enquêterons pas sur le terrain

prochainement. Et si vous insistez, je vous renvoie chez vous. Nous ne saurons pas honorer notre insigne, nous sommes trop faibles encore. Un homme doit savoir reconnaître ses limites, agent Brent. Maintenant, au boulot ! Nous avons une longue nuit qui nous attend pour préparer cette intervention.

Notre supérieur est ferme et ne laisse aucune possibilité à la négociation. Tant mieux, je me réjouis de rendre visite à Yana. Au même moment, je reçois un message de Liam :

Liam :
J'ai mon fils ce soir, désolé, sa mère a un imprévu. On se tient au courant ?

Mégane :
Aucun souci, à demain.

Liam :
Tout va bien ?

Mégane :
Oui, pourquoi ?

Liam :
« Aucun souci, à demain. » ?

Mégane :
Désolée, je suis exténuée. Tout va bien, je te le promets. Profite de ton fils, nous nous rattraperons demain, Vodka-orange. Bonne nuit.

Liam :
Oh oui, je compte bien rattraper notre soirée. Bonne nuit, je suis là si besoin.

Le fait que Liam soit si aimable avec moi me donne la nausée. Je ne sais plus sur quel pied danser.

CHAPITRE 28

La preuve ultime

Le lendemain, il n'est pas encore 8 heures quand je me gare dans le parking du bâtiment de la police judiciaire. Je souris lorsque mon coéquipier se range à mes côtés.

— Tu as dormi combien de temps ? me demande-t-il au moment où nous sortons de nos véhicules.

— Trois heures et toi ?

— Ah ! s'exclame-t-il. Je t'ai battue, j'ai pioncé trois heures quarante.

Nous rions, puis il redevient sérieux.

— Il faut qu'on cherche ce matin qui t'a surveillée il y a deux jours. L'individu est resté à l'extérieur ?

J'acquiesce et pointe vers l'entrée du parking.

— Il était là-bas.

— Il n'est pas très futé en s'approchant de cette façon de nos locaux, dis donc.

Je baisse la tête, mal à l'aise. Je ne peux pas lui mentir ni cacher mes soupçons concernant mon amant.

— Anthony… Il faut que je te dise quelque chose sinon je vais exploser. Le commandant ne souhaite pas en parler, mais tu es mon coéquipier. Je te fais confiance.

Mon collègue fronce les sourcils et se penche vers moi.

— Qu'est-ce qu'il y a ?

— Je crois que c'est Liam qui m'a surveillée. Hier matin, j'ai trouvé chez lui un sac de vêtements identiques à cet individu.

Anthony retient sa respiration et fait le lien avec tous les éléments déjà en ma possession. Alors qu'il s'apprête à me répondre, j'aperçois une ombre au niveau de l'entrée du parking souterrain. Mon cœur fait un bond en reconnaissant la casquette rouge ! Il est de retour ! Liam ! Un foulard cache son visage, mais sa corpulence trahit son identité.

— Il est là !

Je me lance à sa poursuite et j'entends mon coéquipier m'emboîter le pas. Arrivée à l'extérieur, je le repère aussitôt. Mon cœur bat à se rompre tandis que Liam fonce en courant vers une petite ruelle. Il pense pouvoir nous semer facilement, mais ce ne sera pas le cas. Je suis déterminée à en finir.

— Arrête ! crié-je en sortant mon arme. Tu es en état d'arrestation !

Sans tenir compte de cet ordre, il accélère sa foulée. Mes poumons me brûlent, mais je pousse sur les muscles de mes jambes jusqu'à leur extrême limite. Je pointe mon arme dans cette ruelle étroite et sombre, puis tire une première fois. Liam sursaute, mais la balle passe à côté de lui et frappe une poubelle. Je tire une deuxième fois, nouvel échec à quelques mètres de lui. Soudain, le jeune homme monte sur deux bennes à ordures donnant accès à une échelle de secours le long d'un immeuble. Un troisième tir ricoche sur la benne le manquant de peu. Il saute et se hisse ensuite sur le toit de l'immeuble. Je monte à mon tour à sa poursuite, sans regarder en bas et continuant ma périlleuse ascension. Un nouveau coup de feu de la part d'Anthony cette fois-ci fait éclater un pan de mur ! Mon cœur bat la chamade, mais en un clin d'œil je bondis de l'échelle sur le toit.

— Arrête !

Liam lance un regard paniqué derrière lui et cette fois-ci, je tire sur ses jambes. Il tombe en poussant un énorme juron. Il est au sol, je me jette sur lui en moins de deux. Mon réflexe est d'enlever en premier le foulard qui couvre le bas de son visage et… Ce n'est pas Liam.

— Soan ? Qu'est-ce que tu fous, bordel ?

Le temps s'arrête, ma respiration se bloque. Anthony arrive au même moment à bout de souffle.

— Qu'est-ce que… tu… Soan ?

Il est tout aussi confus.

— Lâchez-moi, pleure notre jeune indicateur. Je suis de votre côté !

— Alors pourquoi tu t'es enfui, hein ? C'est quoi ces vêtements ?

De plus près, je me rends compte que Soan a un maillot rembourré sous son gilet créant de faux muscles en mousse. Son intention était vraiment de me faire croire que je poursuivais mon amant. Soan pleure à chaudes larmes, exténué de tout ce bazar. Je le dévisage, la respiration toujours entrecoupée.

— On l'embarque, grogne Anthony froidement.

En une dizaine de minutes, nous redescendons du toit et retournons dans le bâtiment de la police judiciaire devant les regards bouleversés des habitants du quartier. Les plus audacieux ont sorti leur téléphone et filment la scène.

— On a intérêt à faire vite, c'est déjà sur les réseaux sociaux.

Mon coéquipier acquiesce. Nous tenons chacun un bras de

Soan et notre arrivée à l'étage de notre brigade ne passe pas inaperçue. Nous installons notre indicateur dans une salle d'interrogatoire et toute notre équipe se réunit devant. Anthony leur fait un topo et entre ensuite accompagné du commandant Chaz.

— Je suis de votre côté, répète le jeune.

— Soan, arrête, tu viens de t'enfuir. Tu me surveilles, tu surveilles Liam. Je t'ai vu hier devant l'école de son fils.

— Je cherchais des infos pour vous, tente-t-il comme défense. Quelque chose ne tourne pas rond avec ce gars, je vous le jure !

— Mon petit gars, intervient mon supérieur. Les choses sont très simples. Si tu ne parles pas, tu n'auras plus aucun deal avec nous, je ne te protègerai plus.

— Je réfléchirais bien à ta place, insiste Anthony. Ils savent que tu as été arrêté.

Mon collègue lui montre une vidéo qui circule déjà sur la toile.

— Pourquoi essayais-tu de te faire passer par Liam ?

Soan grimace, se prend la tête entre les mains puis hurle :

— Ils m'ont menacé ! Ils ne plaisantent pas ! Je devais vous faire croire qu'il était impliqué dans la mafia pour brouiller les pistes !

Soudain, je comprends. Mon esprit s'illumine.

— Les tickets de stationnement, c'est toi ?

L'expression que je lis sur son visage confirme mes doutes.

— J'ai réussi à lui glisser dans la poche un jour dans la rue. Il ne s'est rendu compte de rien.

— La tablette, le compte bancaire russe, les vêtements ?

— Ça, je n'y suis pour rien. Je sais qu'un de leur membre

devait s'infiltrer chez Liam pour y déposer des choses, mais je sais que le faux relevé bancaire russe est une de leur spécialité pour incriminer quelqu'un. On m'a juste demandé de porter des affaires noires, cette casquette rouge et de garer de temps en temps une voiture sur le parking à côté du club.

Un frisson me parcourt l'échine à l'idée qu'un homme ait pénétré chez Liam. Ils ont dû nous surveiller jour et nuit pour garantir notre absence dans l'appartement.

— Tu as même mis de faux muscles en mousse… Tu jouais dans les deux camps.

Je n'en reviens pas. Je me lève et quitte la pièce sans me retourner. La seule chose que je réalise à cet instant est que Liam est innocent. Anthony et le commandant Chaz me rejoignent.

— C'est du très beau travail, me félicite mon supérieur.

— Liam…

— Ton petit copain n'a rien à voir avec notre affaire, me confirme mon coéquipier.

Le soulagement me fauche les jambes. J'avais besoin de l'entendre, j'avais besoin que quelqu'un me le dise.

— J'ai besoin d'une pause.

— Allez-y. Nous commencerons l'audition sans vous.

Je sors sur la terrasse mon téléphone déjà dans les mains.

Mégane :
Tout va bien à la maison ?

Je culpabilise tellement. Comment ai-je pu douter de Liam ? De grosses larmes emplissent mes yeux et coulent sur mes joues contre mon gré. Je tente de tourner le dos à mes collègues en pause-café, gênée, et j'ai le réflexe de les essuyer d'un revers de la main. La seule chose qui compte c'est l'immense joie de savoir qu'il est innocent. En attendant une réponse de la part de Liam, je mets ce temps à profit pour retrouver mes esprits.

Liam :
Oui, en pleine partie de scrabble avec mes parents. L'éclate totale. Hâte de te retrouver ce soir.

Je laisse échapper un petit rire.

Mégane :
Je ne suis pas certaine de rentrer à temps pour le dîner, je te tiens au courant. N'oublie pas que « vodka » est un mot valide au scrabble et vaut 18 points.

Liam :
COMMENT TU SAIS ?

Mégane :
Des heures de scrabble au compteur avec ma grand-mère quand j'étais gamine.

Liam :
Pourquoi cela ne m'étonne pas que tu saches écrire « vodka » depuis ton plus jeune âge ?

J'ai soudain l'envie de lui raconter des milliers de choses sur mon enfance, je veux qu'il connaisse tout de ma vie. Et vice-versa. J'ai enfin rencontré l'homme qui me correspond. Celui qui fait battre mon cœur comme personne. Mais il est temps pour moi de rentrer, d'interroger Soan et de préparer avec notre brigade la perquisition de l'Étoile Lounge Club cet après-midi.

CHAPITRE 29

La perquisition

Il est 13 h 55 lorsque nous arrivons à L'Étoile Lounge Club. Depuis le troisième étage de la BRI, Marc nous a avertis dans nos oreillettes qu'au moins sept personnes sont entrées dans le club depuis ce matin. Notre informaticien est dans une grande salle de réunion, avec le commandant Chaz, Anthony, Julie et Héloïse. Gaspard, Valentin, Victor et moi-même sommes prêts à mener la perquisition avec une dizaine de confrères en renfort. Je suis la seule habillée en civil puisque Yana me connaît déjà.

— Il est 14 heures, on y va, nous ordonne Gaspard.

Valentin fait signe à nos collègues et je m'avance en premier, un mandat en main, vers l'entrée de service du club, où se trouve un homme massif, que nous avons déjà aperçu. Il se raidit et son regard devient noir de colère.

— Bonjour, police judiciaire. Nous venons pour une perquisition.

L'agent de sécurité croise les bras puis se poste devant la porte.

— Ne nous bloquez pas l'accès, ce serait enfreindre la loi. De toute façon, je suis certaine que votre patronne Yana m'attend.

L'homme hésite et deux de nos agents cagoulés s'avancent afin de lui faire comprendre qu'il n'a pas le choix. Le Russe rechigne quelques instants, puis cède.

— Vous avez pris la bonne décision. Rentrez derrière nous et fermez la porte. Ne quittez pas les lieux.

J'entre la première et constate que l'établissement est vide. Je traverse la piste de danse principale puis fais signe à la brigade d'attendre. Je dois avertir la propriétaire avant de commencer la perquisition, c'est la règle. Il n'y a cependant aucun employé au niveau des comptoirs, la zone VIP est déserte et le silence règne dans cet espace habituellement si bruyant.

— YANA PIOTR.

Je hurle le prénom de la blonde plusieurs fois ; elle arrive en trombe, accompagnée de deux hommes barbus et non accueillants.

— Mégane ? Je ne t'attendais pas. Tu m'expliques ?

— Je ne t'explique rien du tout. Tiens, j'ai du travail.

Je lui tends le mandat et lui tourne le dos.

— Au boulot, les gars ! Fouillez-moi l'établissement de fond en comble.

Nos hommes s'activent aussitôt par équipe de deux, alors que la propriétaire de L'Étoile Lounge Club me saisit le bras violemment.

— Qu'est-ce que tu… bégaye-t-elle. Tu n'as pas le droit de…

Yana resserre de plus en plus ses doigts, Gaspard intervient.

— Lâchez-la ou on vous embarque pour agression sur officier de police et entrave à la justice. Interférer dans notre travail aggravera votre cas.

Elle me fusille du regard, contracte les mâchoires et son

expression me satisfait. Elle me libère à contrecœur. Nous allons trouver quelque chose aujourd'hui, c'est certain, elle ne serait pas aussi furieuse sinon. Je décide de remuer le couteau dans la plaie :

— Ton père a tué ton fiancé. Tu devrais changer de camp et nous aider.

— Ce n'est pas lui.

Gaspard fait un pas en arrière, nous laissant entre femmes. J'entends nos hommes crier des « RAS » et Valentin donner des directives de temps en temps. Je me concentre de nouveau sur Yana :

— On parie ? Il n'a peut-être pas appuyé sur la gâchette, mais tu sais très bien que l'ordre venait de lui.

— Qu'est-ce que tu en sais ? lance la jeune femme en riant nerveusement. Tu ne connais rien de notre monde, de mon père… Il n'y a rien de plus important que la famille chez nous. Vous, les Français, vous ne…

— Mégane ! Gaspard !

Valentin hurle nos prénoms à l'autre bout de l'établissement et nous nous précipitons dans sa direction, après avoir demandé à un collègue de surveiller la propriétaire de la boîte de nuit.

— Venez voir ça. Il y a bel et bien une cave.

Nous le suivons dans un minuscule escalier dissimulé derrière de vieux casiers et, lorsque nous arrivons en bas, mon cœur se crispe. Nous tombons nez à nez avec Théodore. Il est déjà à genoux et menotté, ainsi que cinq mafieux. J'échange un regard à la fois vainqueur et inquiet avec Valentin et Gaspard. Ce n'est pas le moment de nous réjouir. Nous espérions avoir tort, mais sommes contraints de constater que notre intuition était la bonne. Théodore Martin, ancien membre de la Brigade de recherche et d'intervention, est un traître qui a simulé son meurtre.

— Salaud, murmure Gaspard.

Je retiens ma respiration tandis que je découvre des centaines de boîtes de transport dans cet espace sous terre, ainsi que des dizaines de paquets parfaitement emballés et entassés dans un coin. Je fais le tour de la pièce, pendant que Gaspard donne des coups de couteau dans les marchandises stockées. Le résultat de la perquisition n'est pas surprenant : de l'amphétamine de Pologne, de la méthamphétamine de République tchèque, de la cocaïne des Pays-Bas et de l'ecstasy d'Europe de l'Est. Nous retrouvons également des armes d'Ukraine. Les Vandolskaïa n'ont pas fait les choses à moitié. Ils ont pris le risque de tout enterrer sous le club en espérant tenir le plus longtemps possible. Théodore fixe le sol, de même que les autres membres de la mafia russe. Gaspard et Valentin bouillonnent intérieurement. Je suis dans l'obligation de reprendre mes esprits.

— Embarquez les six, ainsi que la propriétaire et les trois hommes là-haut, ordonné-je. Je vais appeler des renforts.

D'une main tremblante, j'actionne mon oreillette et annonce, un nœud dans la gorge :

— Ici l'agent Santiago. J'ai une bonne et une mauvaise nouvelle. La bonne est que nous avons trouvé la principale planque de Vladislav. À vue d'œil, il y en a pour des milliards d'euros. La mauvaise est que nous avions raison. Théodore est là de son plein gré, vivant et en parfaite santé.

J'entends Anthony jurer et sûrement balancer une chaise dans la salle de réunion. Julie et Héloïse essayent de le calmer, puis le commandant Chaz prend la parole :

— Et le Parrain ?

— Aucune trace de lui, mon commandant. On continue de fouiller, mais je n'ai aucun espoir de le trouver ici.

— C'est déjà du bon boulot. Bravo à toute la brigade. C'est une perquisition comme je les aime, sans coups de feu, sans violence. Rentrez vite avec les suspects, j'envoie Julie et une équipe pour tout analyser et saisir.

— Merci, mon commandant.

Je lâche un long soupir puis remonte dans la boîte de nuit. Cette perquisition est effectivement un succès, mais tant que nous n'avons pas mis la main sur Vladislav, il est impossible de se sentir satisfaits à cent pour cent.

De retour dans les bureaux de la BRI, je sors sur la terrasse et compose le numéro de Liam. Je n'ai qu'une envie : entendre sa voix. Je veux lui dire que l'enquête avance. Il décroche dès la deuxième sonnerie.

— Tout va bien ? me demande-t-il aussitôt. Tu ne m'appelles jamais en journée et on a déjà échangé des messages ce matin.

— Oui, ne t'inquiète pas. J'avais besoin d'une pause et de discuter un peu avec toi.

— Ça ne va pas au boulot ?

— Si, au contraire. L'affaire progresse plutôt bien et je voulais te prévenir qu'on a arrêté celle qui t'a kidnappé.

Je l'entends souffler de soulagement et répéter à quelqu'un ce que je viens de lui annoncer.

— Tu n'es pas seul ? Je te dérange ?

— Non, tu ne me déranges jamais. Je suis dans la voiture avec mes parents. On rentre de ma séance chez la psychologue.

— Ah super. Ça a été ? Comment tu te sens ?

— J'y vais la boule au ventre, mais je me sens mieux après. C'est fou comment ça aide d'en parler…

— Je suis contente de l'apprendre, Liam.

Un silence s'installe et il comprend que je ne vais pas bien.

— Qu'est-ce qui te tracasse ?

— Celle qui t'a kidnappé est la propriétaire de L'Étoile Lounge Club, où on s'est rencontrés.

J'omets de lui avouer que je l'ai suspecté pendant plusieurs jours, je ne veux pas lui rajouter de quoi le tourmenter en plus.

— Oui, tu m'en avais déjà touché un mot. C'est la fille du gars que vous recherchez, n'est-ce pas ? Du Parrain ?

— Oui. Et tu te souviens de notre collègue qui est décédé il y a quelques mois ? À cause de cette affaire ?

— Ouais…

— On l'a retrouvé dans le sous-sol de la boîte de nuit.

— Séquestré, lui aussi ?

— Non, c'est un des leurs, maintenant. Il a sûrement retourné sa veste en se laissant aveugler par l'argent. Il a orchestré son meurtre.

— Oh, Meg, je suis désolé…

— Ouais, l'ambiance est pesante au travail, on se sent comme des cons.

Je vois au même moment Anthony marcher d'un pas nerveux dans ma direction. Il m'annonce :

— C'est bon, tout est prêt. On peut interroger Théodore.

— Liam, je dois te laisser. On a neuf personnes interpellées, en plus de la saisie de stupéfiants et d'armes au club. Ne m'attends pas pour dîner, je vais rentrer tard.

— D'accord, soupire-t-il. J'emmène mes parents manger quelque part alors, ça nous fera du bien.

— Parfait.

— Fais attention à toi.

— Promis.

J'ai envie de rajouter un « je t'aime » pour la première fois, mais je me retiens. Je ne le lui dirai pas au téléphone ni en présence d'un collègue. Je dois être patiente et attendre le moment idéal pour lui avouer mes sentiments les plus profonds.

CHAPITRE 30

La vérité

Je retiens Anthony avant d'entrer dans la salle d'interrogatoire.

— Si jamais il ne parle pas, fais semblant que tu perds la tête.

— Je risque vraiment de perdre la tête, Mégane.

— Non, tu feras juste semblant, c'est clair ? Ne gâche pas ta vie à cause de lui. Il nous a déjà assez posé de problèmes comme ça.

— Ouais, allons-y. Le commandant Chaz nous rejoint plus tard.

Dès que nous entrons dans la pièce, Théodore baisse les yeux et fixe ses mains posées sur la table. Anthony prend place en face de lui et je jette un œil dans le miroir teinté : j'imagine que notre supérieur et notre brigade se trouvent derrière, angoissés à l'idée de ce qu'il va ou non expliquer.

— Agent Théodore Martin, je ne t'informe pas de tes droits, tu les connais par cœur.

— Fais-le quand même, Anthony.

— Mégane, ne t'en mêle pas.

Le ton autoritaire et froid de mon coéquipier me surprend,

j'espère sincèrement qu'il joue le rôle du mauvais policier pour que je prenne ensuite le relais.

— Donc, non seulement tu as planifié ton supposé meurtre, mais en plus, on t'a retrouvé dans une cave remplie de produits illégaux. Qu'est-ce que tu as à nous dire ?

Théodore ne bouge pas.

— Je sais que tu n'as pas voulu passer un coup de fil ni appeler un avocat en particulier. Ce qui est très con, si tu veux mon avis.

— Anthony.

J'essaye de le calmer. Il lève les mains comme pour s'excuser.

— Tu auras donc un avocat attribué d'office. Tu peux commencer à parler avant qu'il arrive, tu es dans la merde, dans tous les cas.

— Anthony !

Je le rappelle à l'ordre pour la deuxième fois. On est bien sur un duo *bad cop/good cop*.

— Lors de plusieurs visites à L'Étoile Lounge Club, ces dernières semaines, des complices ont réglé des dépenses avec des billets dont les numéros de série ont été retrouvés principalement chez les fournisseurs de la boîte de nuit, mais également dans ton portefeuille. Ce simple détail te met déjà dans le pétrin, donc commence à parler.

Notre ancien collègue ne bronche pas, il reste immobile, les yeux rivés sur ses doigts qu'il tripote. Anthony fait craquer sa nuque, il s'impatiente.

— Le téléphone jetable qui était dans ta veste a bien évidemment été saisi, lui aussi, et t'enfoncera encore plus dès que nous l'aurons analysé. Tu sais de quoi on est capables, donc j'espère que tu ne seras pas stupide au point de te braquer.

— Explique-nous au moins ce que tu faisais dans cette cave.

Théodore lève la tête à cet instant et me dévisage comme s'il ne se rendait compte que maintenant de ma présence. Je comprends qu'il n'a pas la force de croiser le regard de son ancien partenaire.

— Je dois vous faire un dessin ? articule-t-il enfin.

— Peut-être bien, rétorque Anthony.

— Pour commencer, dis-nous ce que tu sais à propos de Mark Andrzeg, l'ancien propriétaire de L'Étoile Lounge Club et ancien membre des Chens. On a su qu'il a trahi son Parrain, Igor Khov, pour devenir le Premier Fidèle de Vladislav. Et, par tradition, celui qui élimine…

Théodore baisse de nouveau les yeux, mais se décide enfin à parler en m'interrompant :

— … celui qui élimine le Premier Fidèle de Vladislav devient lui-même le bras droit du Parrain. Quelques jours avant ma disparition, j'ai découvert son identité. J'ai provoqué son accident de voiture avec une surdose de son traitement de corticoïdes et orchestré mon propre assassinat le même jour.

Anthony se lève, furieux, et fait les cent pas.

— Qu'est-ce qui t'a pris, bon sang ? T'as pensé à ta femme ? Ta fille ? À nous, bordel ?

— Ma femme n'est au courant de rien, elle ne sait même pas que je suis en vie.

— T'es un monstre, grogne mon coéquipier. Et les autres cadavres que vous avez éparpillés dans la capitale ?

— Vladislav m'a contacté et m'a fait comme un entretien d'embauche. J'ai dû lui prouver ma loyauté, lui assurer que je n'étais pas un infiltré de la police judiciaire. Il m'a donc demandé de tuer Ivan Patiov. J'ai reproduit le même schéma qu'avec l'ancien Premier Fidèle, pour ne pas éveiller les soupçons.

Anthony est incapable de garder son calme, je décide de prendre le relais avec les questions :

— Quel était le motif pour l'éliminer ?

— Ivan Patiov avait des dettes liées au trafic de MDA et c'était un traître des Chens également.

— Qu'en est-il de Maxime Canva ? Et de Liam Ronan ?

Ma voix craque au même moment et ma gorge se noue. Les souvenirs de la partie de poker, de la séquestration de Liam, du cadavre de son ami et de tous les doutes que j'ai eus envahissent mon esprit.

— Maxime avait une dette de jeu apparemment, mais il était surtout un message pour la police. Liam et lui étaient des connaissances de Mégane, et donc des cibles faciles. C'est également pour cette raison que nous avons brouillé les pistes pour faire croire que Liam était des nôtres.

Je suis écœurée face à ses explications.

— Et Sacha ?

— Pareil, je n'ai fait qu'exécuter les ordres de Vladislav. Le futur gendre semblait mener ses propres affaires dans le dos de sa fiancée. Vladislav en a été informé, mais quand je suis arrivé chez Sacha, il a compris que son futur beau-père m'avait missionné pour l'éliminer. Il s'est défendu et j'ai tiré avec mon arme sans mon silencieux. Des voisins ont été alertés. Dans la panique, j'ai oublié de récupérer la balle, il fallait que je parte le plus vite possible.

— C'est le faux pas qu'on attendait depuis des années dans cette affaire, ricane Anthony. Ce qui prouve que tu n'as jamais été digne de la brigade et que tu n'es pas non plus compétent dans le camp des criminels. Il est où ?

— Je n'en sais rien.

— Théodore, n'essaye pas de nous convaincre que tu ignores où se trouve Vladislav. Personne ne te croira.

— Je vous dis que…

— Si tu redis encore une fois que tu ne sais pas où… le coupe Anthony, perdant patience.

— Je ne le balancerai pas, l'interrompt l'ancien policier.

Anthony explose et donne un coup sur la table. Théodore ose enfin le regarder droit dans les yeux. Leur échange est électrique, le sang leur monte au visage.

— Comment peux-tu lui être loyal à ce point ? souffle mon coéquipier.

— Tu ne peux pas comprendre. Tu es un pauvre flic qui ne voit pas plus loin que le bout de son nez, Anthony.

À cet instant, comme je m'y attendais, Anthony dégaine son arme pour la pointer sur son ancien partenaire. Théodore se redresse, met les mains à plat sur la table et le provoque :

— Vas-y. Je préfère mourir plutôt que de devenir une balance.

Je me positionne aussitôt à côté d'Anthony.

— Sors.

— Mégane, laisse-moi…

— Sors !

Je pose une main sur la sienne puis baisse son arme. Je le force à dévier son regard vers moi et insiste une troisième fois :

— Sors.

Anthony ravale sa fierté. Bien qu'il soit furieux et hors de lui, il quitte la pièce. Dans un long soupir, je prends le relais et m'assois en face de Théodore qui sourit d'un air triomphant.

J'ignore son attitude et me focalise sur l'interrogatoire.

— À nous deux. Tu connais la procédure, je ne vais pas t'expliquer comment ça se passe, ce que tu encours comme peine, ce que nous pouvons faire pour toi si tu parles, blablabla. Anthony se sent trahi, tu étais son partenaire. Il te confiait sa vie tous les jours et était prêt à mourir pour toi. Pour ma part, je ne te parlerai pas de ce que j'ai ressenti par rapport à Liam Ronan, cela ne regarde que moi. La situation est à présent très simple : le Parrain sait déjà à cette heure-ci qu'on a mis la main sur tout ce qui se trouvait dans la cave et qu'on interroge son Premier Fidèle. Donc, tu n'es pas con, mais je vais dire à haute voix les deux solutions qui s'offrent à toi. La première : tu parles et tu pars en taule tranquillement avec une bonne protection. La deuxième : tu ne parles pas, tu vas quand même en taule, mais on ne fera rien pour te protéger. Et Dieu seul sait combien de membres des Vandolskaïa sont déjà derrière les barreaux, prêts à t'accueillir, et pas de la meilleure façon. Un Premier Fidèle qui se fait prendre n'est clairement pas digne de son titre. Tu payeras cher.

Théodore reste muet. Il semble réfléchir pendant quelques minutes. Puis, la porte de la salle d'interrogatoire s'ouvre et le commandant Chaz rentre. Il est d'un calme déconcertant, agit comme si notre ancien collègue était un suspect comme les autres. Le sexagénaire s'assoit à mes côtés, pose sa béquille par terre et retrousse les manches de sa chemise tranquillement. Il se racle ensuite la gorge, croise ses bras sur la table et braque ses yeux sur Théodore :

— Agent Martin. Je suis ravi de vous savoir en vie, mais très contrarié par le contexte dans lequel nous vous avons retrouvé. J'ai une bonne et une mauvaise nouvelle à vous annoncer. La bonne nouvelle est que nous n'avons plus besoin de votre aide pour mettre la main sur Vladislav. La mauvaise est que nous l'avons aperçu devant votre domicile. Vous vous souvenez de Marc ? Vous savez, notre super informaticien qui manipule n'importe quel système de vigilance de la capitale comme personne ? Eh bien, il s'avère qu'il est également très intelligent. En effet, depuis que nous soupçonnons que vous êtes en vie, il s'est dit qu'il allait installer, par ses propres moyens, une caméra devant chez vous. Vous pourrez remercier aussi Manon et Adrien, deux autres super officiers de police que vous devez sûrement connaître, qui nous ont apporté leur savoir-faire sans hésiter. Marc s'attendait sans doute à vous voir, mais quelle ne fut pas sa surprise en apercevant, il y a une demi-heure de ça, un homme d'une bonne soixantaine d'années, peut-être même plus âgé que moi, sonner chez vous. Je pense que votre femme et votre fille ont eu de la chance de ne pas être à la maison.

Je me tourne vers mon supérieur qui me fixe et sourit.

— Allons-y, Mégane, nous l'avons identifié. Nous sommes quasi certains que c'est lui, Vladislav. La brigade se prépare à l'interpeller.

Les battements de mon cœur s'accélèrent, l'adrénaline parcourt mon corps. Allons-nous vraiment en finir avec cette affaire ?

CHAPITRE 31

La confrontation

— Marc nous a indiqué que l'homme est entré dans une Mini Cooper noire après avoir sonné chez Théodore, m'explique Anthony. La voiture a été repérée en région parisienne, plus précisément dans une zone pavillonnaire de Clamart.

Nous nous précipitons dans le parking de notre bâtiment et partons aussitôt avec un de nos véhicules d'intervention et deux motos. Je me retrouve dans la Megane avec mon coéquipier et le commandant Chaz au volant. Gaspard et Valentin se positionnent devant et nous ouvrent le chemin grâce à leurs deux-roues BMW R1200. Face aux bouchons parisiens habituels, nous traversons la capitale avec nos gyrophares en prenant les couloirs de bus et en zigzaguant entre les voitures sur le périphérique. Dès que nous sortons, à la porte de Versailles, nous redevenons silencieux. Le commandant Chaz ralentit sa conduite puis ordonne aux deux motards de prendre de l'avance pour repérer les lieux. Vingt minutes plus tard, nous nous retrouvons dans un quartier résidentiel pompeux de Clamart. Grands pavillons, voitures de luxe, chaque propriété est surveillée par un système de vigilance dernier cri et possède sa propre piscine et au moins deux garages. Nous rôdons discrètement. Manon, Adrien et Victor sont déjà sur place, cachés entre deux résidences dans un de nos fourgons blindés, ainsi que trois voitures de la gendarmerie du coin venue nous prêter main-forte.

— C'est ici.

Anthony pointe un immense portail noir avec un motif de hyène – symbole des Vandolskaïa. Je suis outrée par ce signe distinctif exposé à la vue de tous.

— Si ce n'est pas de la provocation, ça…

— Vous avez raison, Mégane, approuve le commandant Chaz en passant devant la demeure. Vladislav ne fait jamais les choses à moitié, apparemment.

— Comment se fait-il que nous ne l'ayons jamais trouvé ? s'énerve Anthony. Il s'affiche et se fout royalement de nous !

— Calmez-vous. Garons-nous plus loin et faisons un tour à pied.

Notre major donne ensuite ses directives à nos collègues dans son talkie-walkie :

— À toutes les unités, je me gare dans une ruelle. Assurez nos arrières, je souhaite repérer les lieux de plus près avec Anthony et Mégane.

Nous sortons ainsi du véhicule et faisons un premier tour de la résidence. Nous constatons que la clôture cache une sublime demeure contemporaine de deux étages, avec trois garages et une seconde petite maison à côté d'une impressionnante piscine ovale entourée de palmiers et de chaises longues.

— Une vie de luxe, sale et injuste, grogne Anthony. Ces gens me donnent la nausée. Comment Théodore a-t-il pu se laisser embarquer là-dedans ?

— Agent Brent, soupire notre supérieur, l'argent éblouit et fait perdre la raison. C'est comme les femmes : plus elles sont belles et parfaites, plus le danger est réel. Mais la peur est un choix. Certains aiment l'adrénaline, prendre des risques et ne pas savoir s'ils survivront le lendemain. D'autres, comme nous, préfèrent payer leurs impôts sans rechigner, avoir une femme aimante, une vie discrète et, surtout, une conscience tranquille.

Je scrute mon chef en esquissant un sourire.

— Je ne vous savais pas si romantique, mon commandant.

Il lâche un petit rire, mais se reconcentre aussitôt :

— Arrêtons de discuter, nous sommes si proches du but. Ne nous laissons pas distraire.

J'échange un regard amusé avec Anthony, ce dernier hausse les épaules. Tout à coup, alors que nous contournons la demeure et que nous nous apprêtons à passer devant le portail principal, nous entendons un bruit sourd venant de l'intérieur de la propriété. Par réflexe, nous dégainons nos armes et grimpons lentement le muret pour regarder au-dessus de la clôture. En nous voyant, un homme d'une bonne soixantaine d'années se faufile dans son garage en courant.

— C'est notre suspect, murmure Anthony en vérifiant sur son téléphone portable la photo que Marc nous a transmise.

Le commandant Chaz gonfle ses poumons et ordonne à l'individu de nous ouvrir, en précisant que nous avons un mandat. L'objectif premier de cette mission étant d'interpeller le suspect, chez lui, le plus pacifiquement possible. Cependant, au bout de quelques secondes, la porte du garage s'ouvre, ainsi que le grand portail.

— Il va s'enfuir ! hurle Anthony.

La seconde suivante, la Mini Cooper sort à toute allure et traverse la propriété ! Le commandant Chaz prévient nos collègues, Anthony se précipite vers l'entrée, tandis que, depuis le muret, je pointe mon arme vers la voiture. Je tire deux coups de feu afin de toucher un pneu, mais seul le pare-chocs est atteint.

— Je l'ai loupé ! Il va trop vite !

Le temps de remonter dans nos véhicules, la Mini Cooper s'enfuit à toute vitesse, toutefois, nos deux motards, Gaspard et Valentin, se lancent aussitôt à sa poursuite ! Ils nous guident ensuite et nous indiquent les directions à prendre, pendant que Marc envoie un drone dans les airs et réussit à marquer le véhicule en cavale pour assurer sa trajectoire si nous le perdons de vue. Au bout de quelques minutes de course-poursuite, alors que nous ne les voyons plus, Valentin intervient brusquement dans notre talkie-walkie :

— Le suspect a abandonné son véhicule et continue sa course à pied !

Deux rues plus loin, nous arrivons sur les lieux et retrouvons la Mini Cooper garée devant un hôtel Campanile, la porte du conducteur grande ouverte.

— Le suspect court dans la zone commerciale des Hauts de Clamart ! précise Gaspard. Nous sommes contraints de faire le tour à moto !

— Très bien, répond le commandant lorsqu'il sort de notre véhicule. Je continue à pied avec Anthony et Mégane.

Nous nous lançons ainsi à sa recherche et, grâce au drone, Marc nous guide sans aucune difficulté en nous indiquant les directions que prend notre fuyard.

— Contournez l'angle de l'Oxford Café !

Nous nous exécutons aussitôt. Les piétons présents sur la place s'exclament de surprise et nous ouvrent le passage.

— Continuez tout droit, prenez à droite ! nous ordonne Marc. Non, à gauche ! Il fait demi-tour ! Il saute par-dessus un grillage et remonte la rue où il a laissé sa Mini !

— Mais qu'est-ce qu'il fait ? hurle Anthony.

— Nous sommes coincés ! annonce Gaspard dans notre talkie-walkie. On vous rejoint au plus vite !

Dès que nous rebroussons chemin, nous apercevons notre suspect filer et passer entre nos deux véhicules abandonnés, sans pour autant grimper dans sa Mini Cooper.

— Police ! crie de toutes ses forces notre major. Arrêtez-vous !

Nous le suivons, mais l'homme enjambe une rambarde et se faufile dans un parking souterrain. Tout à coup, Anthony sprinte comme s'il participait aux Jeux olympiques et qu'il courait les derniers mètres d'une finale ! J'échange un regard surpris avec le commandant Chaz puis nous nous engouffrons à notre tour dans le parking. Nous ralentissons le pas afin de localiser mon coéquipier et le suspect. Soudain, je remarque une mère de famille avec une poussette. Je m'avance vers elle.

— Madame, ne restez pas là. Rentrez dans votre véhicule avec votre bébé et baissez-vous. Nous sommes à la recherche d'un suspect, nous vous dirons quand vous pourrez sortir.

Je lis la panique dans son regard, mais n'ai malheureusement pas le temps de la rassurer. En effet, nous entendons tout à coup un bruit sourd. Le commandant Chaz me fait signe de le suivre. Anthony s'énerve, un plus loin :

— Arrête-toi !

— Ils sont à l'étage inférieur ! On y va ! m'ordonne mon

supérieur.

Nous dévalons les escaliers, traversons le parking et retrouvons le suspect ainsi que mon coéquipier. Nous pointons également nos armes vers l'homme de nationalité russe. Notre major intervient sans attendre :

— Ne bougez pas.

Sa voix grave et rauque résonne dans ce souterrain sombre et humide. Le suspect n'en fait qu'à sa tête. Dès qu'il ose se retourner pour reprendre la fuite, nous tirons vers ses pieds. Une de nos balles le touche à la cheville, mais, même blessé, l'homme tente de prendre une issue de secours. Anthony se jette sur lui en un rien de temps et le plaque au sol. Je le rejoins, fouille l'homme à terre pendant que mon coéquipier le menotte, et cherche son portefeuille. Dès que je mets la main dessus, je sors une carte d'identité russe et lis à haute voix :

— Vladislav Mikhail Piotr.

Le commandant Chaz soupire bruyamment puis se passe une main sur le visage. Nous y sommes. Il a réussi. Il peut enfin partir à la retraite tranquille. En effet, après tant d'années d'enquête, la Brigade de recherche et d'intervention vient d'interpeller le Parrain de la mafia russe le plus recherché sur notre territoire. Et le plus incroyable dans la résolution de cette affaire est que, contrairement à ce que l'on imaginait, ce n'est ni Yana ni Vladislav qui ont fait un faux pas. Mais bel et bien le Premier Fidèle des Vandolskaïa, alias un ancien agent de la BRI. L'agent Théodore Martin, que nous croyions mort. Je vais, pour ma part, pouvoir enfin vivre pleinement ma relation avec Liam. Je n'ai jamais été aussi pressée de rentrer pour le retrouver.

CHAPITRE 32

Effusions

Il est 1 heure du matin lorsque je rentre chez Liam. Je l'avais prévenu de ne pas m'attendre, aussi je ne suis pas surprise de le trouver endormi sur le canapé, la télévision allumée sur National Geographic. Le reportage « Pêche à Hauts Risques » ne devait pas être si passionnant que ça. Je me retiens de rire.

Je n'ai même pas besoin de le réveiller. Il sursaute puis son regard s'illumine quand il m'aperçoit. Sans un mot, il se lève et vient m'enlacer.

— Allons dormir.

Nous nous dirigeons vers la chambre, je m'enferme dans la salle de bains. Après une douche chaude relaxante, je me prépare pour aller me coucher et, quand je rejoins Liam dans le lit, il est à moitié endormi. Je me glisse sous les draps, il murmure aussitôt :

— Je n'aime pas quand tu rentres tard. Je me fais toujours du souci.

— Je sais, mais c'était pour la bonne cause ce soir.

— Tu as dîné au moins ?

Je souris. Cet homme est adorable, il s'inquiète même pour des détails.

— Oui, on a commandé japonais et on a mangé tout en travaillant. Je t'expliquerai demain, dors. Je suis là maintenant.

Liam se faufile dans mes bras, j'inhale son odeur réconfortante et ferme les paupières. Une sensation apaisante s'empare de mon corps, car je suis certaine que nous sommes sur la bonne voie. Nous nous endormons quelques minutes plus tard, toujours enlacés.

— Bonjour.

Je rejoins dans la cuisine Liam qui prépare déjà notre petit-déjeuner. Il est 8 heures 20, je suis en retard, mais je sais que je n'aurai aucune remarque en arrivant au bureau. La journée sera longue dans tous les cas. Je suis de si bonne humeur que j'ai l'impression de flotter. Je colle mon torse contre son dos pour l'enlacer tendrement et souris en me remémorant la douche que nous venons de partager après avoir succombé à notre désir au réveil.

— Tu as douté de moi, n'est-ce pas ?

Sa question me prend de court et je me fige.

— Comment ça ?

Liam détache mes mains pour se libérer de mon emprise et se retourne pour me faire face. J'avale ma salive en remarquant la manière implacable dont il serre la mâchoire.

— Ces derniers temps, tu n'étais pas uniquement fatiguée à cause de l'enquête. Tu me repoussais par moment alors que j'étais ton échappatoire. Tu ne laissais pas cette affaire nous affecter avant.

Ses yeux se plissent davantage et un élan de panique accélère mon pouls. Quelque chose bouillonne dans mon ventre, un mélange de honte et de culpabilité.

— Et ce matin, continue Liam, tu t'es jetée dans mes bras quand je me suis réveillé. Tu es de nouveau ma Mégane pleine d'ardeur, de passion et de tendresse en même temps. J'en conclus qu'en bouclant votre enquête hier soir, tu t'es rendu compte que je n'ai rien à voir là-dedans.

Coincée dans un mutisme coupable, je cherche mes mots en vain.

— J'ai tant de questions à te poser, souffle-t-il, mais je crains les réponses que tu me donneras.

— C'est maintenant ou jamais. Demande-moi tout ce que tu veux pour qu'on en finisse avec ce sujet.

Il me regarde tristement, mon cœur est prêt à exploser.

— Est-ce que tu as cru que j'étais un des leurs ? Que j'appartenais à la mafia, je veux dire ?

Je déglutis difficilement, je n'ai pas l'intention de lui mentir. Il m'est cependant impossible de lui avouer à voix haute la vérité. Face à mon silence, Liam comprend et s'écarte violemment.

— Je n'y crois pas ! Tu es restée avec moi pour le bien de ton enquête ?

— Non ! Ce n'est pas ce que tu crois !

Je le suis jusque dans le salon, il est si en colère.

— Tu voulais me soutirer des informations ? hurle-t-il. Tu pensais coucher avec l'ennemi ?

— NON !

— Qui es-tu, bon sang ? On m'a kidnappé par ta faute, Mégane ! Parce que j'étais ton point faible ! Et tu croyais que j'étais dans leur camp ? Que j'étais un mafieux ? J'ai un fils de 3 ans, bordel ! Je paye mes impôts, j'ai repris la boîte de mon père ! Oui, j'ai merdé avec la partie de poker, mais à quel prix ? Maxime est mort ! Je pense avoir été assez puni dans toute cette histoire, je n'ai pas besoin que ma petite amie doute de moi !

— Écoute-moi, Liam. Je t'interdis de tirer des conclusions sans savoir ce qu'il s'est passé.

— Tu m'as menti dès le premier soir ! continue-t-il sans prêter attention à ce que je dis. Tu étais censée t'appeler Aria et avoir une sœur ! Pas être une flic luttant contre le grand banditisme ! Dans quoi je me suis fourré, putain ?

Ses propos me brisent jusqu'au plus profond de moi.

— Tu… regrettes ?

Liam me fusille du regard et rit nerveusement :

— À toi de me le dire. Dois-je regretter d'avoir croisé ta route ? Dois-je regretter d'être tombé amoureux ? Je suis fou de toi, bon sang ! Comment as-tu pu avoir des doutes ?

— Parce qu'un membre de la mafia est rentré chez toi en douce pour éparpiller plusieurs fausses preuves !

J'ai enfin toute son attention, il me fixe d'un air confus.

— Quelqu'un est venu déposer, dans la salle de bains, un sac de vêtements similaires à ceux d'un individu qui m'a surveillée devant les locaux de la police judiciaire. J'ai retrouvé un relevé d'un compte bancaire russe dans ton courrier à ton nom et ta tablette était suspecte. Tout l'historique était effacé.

— Quoi ?

— Oui, Liam. Ils ont voulu brouiller les pistes, je devais rester sur mes gardes. Nous avions du mal à y croire, mais mon commandant m'a tout de même demandé de te suivre un jour. Grâce à ça, j'ai découvert que notre indicateur te guettait. Il observait tous tes faits et gestes pour compliquer l'enquête : il a garé une voiture identique à la tienne sur un parking non loin de L'Étoile Lounge Club et il a glissé les tickets de stationnement dans ta veste sans que tu t'en rendes compte ! Tout t'incriminait. Cet indic, il s'est même fait passer par toi. Il est allé jusqu'à mettre un déguisement de faux muscles pour imiter ta corpulence. Donc oui, j'ai douté ! C'est mon métier ! Tu avais déjà été impliqué dans une partie de poker illégale avec des gens de la mafia. Je suis désolée, mais je n'avais pas le choix.

La respiration entrecoupée, le cœur battant la chamade, je tente tant bien que mal de rester calme. Il n'était pas censé savoir tout ça, mais je regrette à présent ne lui avoir rien dit plus tôt. Mon amant lève les mains en me tournant le dos. Il commence à faire les cent pas, je le laisse assimiler toutes les informations.

— J'ai besoin de temps, murmure-t-il au bout d'un moment.

— C'est-à-dire ? Tu veux que je parte ?

— Oui… non… Je ne sais pas, Mégane. Je ne m'attendais pas à tout ce bazar.

— C'est fini à présent.

— J'ai quand même besoin de réfléchir.

Je soupire et secoue la tête.

— Très bien, je comprends.

Je repars dans la cuisine les larmes aux yeux. Toute ma bonne humeur s'est envolée, remplacée par un sentiment d'amertume. Je bois mon café en quelques gorgées avant de retourner dans la chambre pour finir de me préparer. Quelques instants plus tard, je me dirige dans l'entrée pour me chausser et partir travailler. Liam m'attend, adossé contre la porte. Je me fige et nous échangeons un regard qui en dit long sur le déchirement qui nous lie dorénavant. Il se redresse et d'une voix rauque, il grogne :

— C'est bon. J'ai assez réfléchi.

Tout à coup, il se jette sur moi ! Ses yeux étincellent de désir lorsqu'il saisit mon visage et m'embrasse avec effusion. Entre deux baisers, il me pardonne :

— Tu me rends dingue, Coup-d'un-soir.

— Toi aussi, Vodka-orange.

— Ne me cache… plus jamais… rien.

Ses baisers longent à présent ma mâchoire, puis mon cou. Je ne peux plus retenir ce que j'ai tant voulu lui dire ces dernières semaines.

— Je t'aime, soufflé-je.

Liam se redresse et plonge son regard chocolat dans le mien. Ses iris s'illuminent, un sourire conquis s'étire enfin sur ses lèvres.

— Ça tombe à pic, figure-toi. Je t'aime également, Mégane Santiago.

CHAPITRE 33

Le procès

Quelques mois plus tard

Mon réveil sonne à 6 h 30 en ce mercredi matin. Je sens Liam se retourner et me lève lentement pour ne pas le réveiller.

— N'y pense même pas, dit-il en riant et en prenant mon poignet. Tu ne quitteras pas ce lit sans me dire bonjour convenablement.

Je souris, me penche vers lui et l'embrasse tendrement.

— Tiens-moi au courant, s'il te plaît, murmure-t-il d'une voix rauque.

— Promis.

Je me faufile ensuite dans la salle de bains pour me préparer et pars aussitôt. Je prendrai un café chez moi, je dois encore y passer pour récupérer quelques affaires. Puis, vers huit heures et quart, alors que je me gare dans le parking de la police judiciaire, je reçois un message de mon frère pour nous souhaiter bonne chance. Il n'a pas oublié qu'aujourd'hui est un jour important, celui du procès pénal de Vladislav et Théodore. Les deux derniers criminels à être jugés dans cette affaire. Gaspard, Anthony et Julie sont déjà sur place. En effet, notre brigade s'est donné rendez-vous dans le souterrain à 8 h 30 au plus tard, pour que l'on se rende au tribunal ensemble. Je les salue et leur demande s'ils ont bien dormi.

— Impossible pour moi, j'ai fait une nuit blanche, répond mon coéquipier. Je n'ai pas envie d'affronter Théodore.

— Tu n'as pas à le faire, le rassure Julie. C'est bientôt terminé, tu pourras tourner la page.

Anthony hausse les épaules et allume une cigarette en attendant le reste de notre équipe. Ces dernières semaines ont été angoissantes, car, même si nous avons interpellé le Parrain et le Premier Fidèle, tant que le jugement de cette affaire ne sera pas prononcé, nous ne dormirons pas tranquilles. La mafia russe est fragilisée en France, quasi inexistante, même, à présent. Les membres des Vandolskaïa sont retournés en Russie ou ont rejoint les Chens en Espagne, la mafia rivale de Vladislav. Nous savons pertinemment que notre enquête est un succès, mais qu'elle n'empêchera pas d'autres organisations criminelles de tenter leur chance dans la capitale. Les trafics existent et existeront toujours, à nous d'en réduire la propagation et de protéger au mieux notre population.

Le déroulement d'un procès pénal se fait en plusieurs étapes. Tout d'abord, grâce à tous les éléments réunis et l'interpellation de Théodore, le procureur de la République confie une mise en accusation à un juge d'instruction. Cette mise en accusation est ensuite présentée à la Cour d'assises par le juge d'instruction en personne, qui convoque une audience quelques jours plus tard. Les membres de Vandolskaïa ont eu un procès en commun concernant leur appartenance à une organisation criminelle de trafic de stupéfiants et d'armes. Yana, de son côté, a été reconnue coupable de la même chose, ainsi que du blanchiment d'argent dans son établissement, L'Étoile Lounge Club, et de séquestration avec torture. À mon grand soulagement, Liam n'a pas été dans l'obligation de venir témoigner en personne, au regard des nombreux faits déjà reprochés. Aujourd'hui, sur le banc des accusés, nous avons Vladislav et Théodore, pour un jugement en commun. Ils sont représentés par deux avocats qui travaillent main dans la main à leur défense. Il y a également Simon, du côté des victimes, pour avoir subi du chantage dans le but d'aider à simuler le meurtre de l'agent Martin. Ainsi, pour ce procès, l'audience devant la Cour d'assises se déroule à huis clos, afin d'éviter la publicité trop importante qui pourrait nuire à l'ordre public et aux bonnes mœurs. Seule la brigade chargée de l'enquête – le commandant Chaz, Anthony, Marc, Héloïse, Gaspard, Valentin, Julie et moi-même – est autorisée à y assister, tout comme la femme et le frère de Théodore. Tous les deux nous ont salués d'un air reconnaissant, mais également brisé. La Cour d'assises est composée d'un président, de trois magistrats professionnels et deux assesseurs, puis d'un jury de six citoyens français tirés au sort. Le procès commence à 9 heures pétantes. L'ambiance est tendue, Théodore reste tête baissée, n'osant sûrement pas croiser nos regards. Le président de la Cour d'assises présente les faits reprochés aux deux accusés en exposant les éléments à charge et à décharge qui ont été mis en lumière lors de l'instruction. Tout procès pénal doit commencer par l'audition des témoins, et l'avocat général, maître Oziel – une femme d'une cinquantaine d'années, de petite taille et dont les cheveux sont rouges et très courts – prend la parole :

— Madame la Juge, je souhaite appeler mon premier témoin qui, pour moi, sera la clé de ce jugement et doit impérativement être entendu en premier.

Je fronce les sourcils et échange un regard avec Anthony. De qui parle-t-elle ? Certains de mes collègues vont témoigner, mais aucun d'eux n'est un témoin clé. Nous entendons au même moment les portes de la salle d'audience s'ouvrir en grand et nous nous retournons. Yana Piotr. Mon cœur fait un bond !

La jeune femme russe entre, accompagnée d'un garde, menottée, dans un jogging très décontracté. Je ne l'avais pas revue depuis son interpellation et cette nouvelle image de Yana, d'habitude si puissante et sexy, toujours dans une robe parfaitement moulante et perchée sur des talons de douze centimètres, rend les choses bien réelles. Elle n'est même pas maquillée et ses cheveux naturellement frisés sont attachés en queue-de-cheval. Finis le brushing impeccable et les faux cils. Le visage de Vladislav se décompose, car il comprend sur-le-champ que sa fille est prête à témoigner contre lui. Son père a ordonné le meurtre de son fiancé, elle lui en veut. Je suis secrètement fière d'elle et il m'est impossible de ne pas être solidaire. Yana est appelée aussitôt à la barre. Nous n'avons pas en face de nous la redoutable et intouchable entrepreneuse Yana Piotr, mais bel et bien une petite fille dont le père a dépassé les limites. Elle commence un long témoignage glaçant qui garantit, j'en suis certaine, la perpétuité à Vladislav.

Après l'audition des témoins – Yana, Anthony et le commandant Chaz –, des experts – Julie et Marc –, puis de la victime – Simon, victime de chantage et dont la famille a été menacée –, les plaidoiries commencent. En premier, nous écoutons celle de l'avocat de Simon, puis celle de l'avocat général, qui représente le ministère public, et enfin, celle d'un des avocats des accusés. Le jury prête attention aux débats sans entrer en jeu. À l'issue de toutes ces interventions, les jurés doivent se forger une intime conviction, sans pour autant être dans l'obligation d'argumenter leur décision. Ensuite, le jury et les magistrats se retirent dans la Chambre des délibérations. Ils ne pourront en sortir qu'après avoir pris leur décision. Nous attendons ainsi presque une heure, pendant que le délibéré se déroule en secret et s'articule autour de deux axes : la délibération sur la culpabilité, où il faut une majorité de six voix pour une décision défavorable aux accusés. S'ils sont déclarés non coupables, ils sont acquittés, ce dont je doute fortement dans cette affaire. S'ils sont, je l'espère, déclarés coupables, la Cour doit délibérer sur leurs peines respectives. Pour cela, il faut une majorité d'au moins cinq voix pour prononcer une peine et de six voix pour une peine maximale. Ainsi, lorsque le jury et les magistrats reviennent pour rendre la décision, un long silence règne dans la salle d'audience.

— Au vu de la gravité des faits jugés, la Cour a décidé dans un premier temps de reconnaître coupable l'agent Théodore Martin d'assassinats, à la suite des meurtres avec préméditation qu'il a commis, puis d'appartenance à une organisation criminelle et de trafic d'armes et de stupéfiants. Dans un deuxième temps, la Cour reconnaît également coupable

Vladislav Piotr d'avoir donné les instructions pour exécuter toutes les victimes, et de gérer une organisation criminelle se livrant au trafic d'armes, de stupéfiants, et pratiquant la torture, les extorsions ainsi que le blanchiment d'argent. Pour les deux accusés, la peine maximale est demandée.

Je souffle de soulagement, comme toute ma brigade. Anthony me prend la main, Julie me dévisage, les yeux pétillants, et je vois le commandant Chaz fermer les paupières et sourire, heureux. Mission accomplie. Il partira le cœur apaisé. Le président de la Cour prend à son tour la parole pour donner des explications à Théodore et Vladislav s'ils souhaitent faire appel, mais leurs avocats n'iront pas jusque-là. Ils savent qu'ils ont perdu et qu'au regard des faits énoncés, il n'y a rien qui puisse changer la décision de la Cour. En effet, la peine maximale en France est la réclusion criminelle à perpétuité, assortie d'une période de sûreté de trente ans. Au sens strict du terme, l'emprisonnement jusqu'à la mort du condamné n'existe pas dans notre pays. Mais qu'importe, nous avons gagné le procès. L'affaire Vladislav est close.

EPILOGUE

Lorsque je rentre, vers 21 heures, ce vendredi soir, je retrouve Liam dans la cuisine en train de finir de dîner. Cela fait deux semaines que le procès de Vladislav et Théodore a eu lieu, je n'ai jamais connu mon amant aussi heureux et soulagé. Il me sourit de toutes ses dents dès qu'il me voit.

— Bonsoir, madame. Pas trop fatiguée ?

Je lui réponds, également avec un sourire satisfait :

— Bonsoir. Non, ça va. On a clôturé toutes les procédures administratives aujourd'hui, et ensuite, on a passé l'après-midi au pot de départ du commandant Chaz. Après ça, ils ont voulu qu'on dîne ensemble une dernière fois, avec sa femme. Son remplaçant arrive lundi de Lyon. C'est un nouveau chapitre qui commence pour notre brigade. Et toi, ça a été ?

— Oui, impeccable. Ravi d'être en week-end !

J'approuve et lui dis que je vais prendre une douche. Lorsque je me faufile sous l'eau, je me sens soulagée pour la première fois depuis des mois. Je n'ai plus une once d'angoisse et je suis certaine que je vais très bien dormir cette nuit. Lundi, ma brigade aura un nouveau commandant et nous commencerons une nouvelle enquête. Tout ce changement va nous faire du bien. J'enfile un tee-shirt large de Liam et un pantalon de jogging puis m'installe dans le salon. Il ne tarde pas à arriver avec deux tasses de café, m'en tend une et s'assoit à mes côtés. Je prends le temps de le dévisager. Il se sent mieux depuis quelques semaines, il a repris du poids et son regard est de nouveau plein de vie. Il a retrouvé son quotidien, son emploi, ses petites habitudes, ainsi que la garde de son fils, une semaine sur deux.

— Qu'est-ce qui te tracasse ?

Il boit une gorgée de sa boisson chaude, pose sa tasse sur la table basse et me fait face.

— J'ai pris une décision.

Mon pouls accélère face à son attitude si sérieuse.

— Laquelle ?

— J'ai parlé avec la mère de Matéo, je souhaite te le présenter. Je ne peux plus vous voir séparément, une semaine sur deux. J'ai envie que tu sois aussi là quand il vient. Tu es avec moi, tu fais partie de ma vie, cela n'a plus aucun sens de continuer comme ça.

J'écarquille les yeux. Je ne m'attendais pas à cette prochaine étape. Liam a un mouvement de recul, il s'inquiète.

— Qu'est-ce qu'il y a ? Tu ne veux pas ?

— Non, ce n'est pas ça. C'est juste que…

J'hésite et essaye de trouver les bons mots.

— Attends ! lance-t-il en s'esclaffant. Mégane Santiago, agent de la BRI qui affronte des bandits sans ciller, aurait-elle peur de rencontrer un gamin haut comme trois pommes ?

Je lui donne un coup dans l'épaule et pose à mon tour mon café sur la table basse.

— Liam, réfléchis. Tu ne crains pas de mettre ton fils en danger en me le présentant ?

— En danger ?

— Oui, à cause de mon métier.

— Je ne comprends pas où tu veux en venir. C'est mon fils, dans tous les cas. Que tu le rencontres ou non.

Il n'a pas tort, mais je prends une profonde inspiration.

— Ça fait un moment que je dois te parler sérieusement, mais je n'ai jamais trouvé le courage de me lancer.

Liam fronce les sourcils et me fait signe de continuer.

— Je tiens sincèrement à te présenter mes excuses. Je suis désolée de ne pas t'avoir révélé mon métier au début, je suis désolée de t'avoir mis en danger.

— Tu regrettes notre rencontre ? s'étonne-t-il.

— Non ! Pas du tout ! Ne dis pas de bêtises ! Mais j'aurais dû faire les choses différemment. C'est pour cette raison que je suis prête à changer de vie si tu me le demandes. L'affaire Vladislav est classée, je ne m'engagerai plus dans une autre enquête de ce genre si tu ne le souhaites pas.

Liam sourit et me répond d'un air décontracté :

— Mégane, arrête, s'il te plaît. Ce n'est pas ta faute.

— Mais, je…

Mon amant m'interrompt en prenant mon visage entre ses mains. Il m'embrasse tendrement, puis plonge son regard dans le mien.

— J'étais moi-même à cette foutue partie de poker clandestine. Je te le répète, toi et moi, c'est sérieux. Je ne laisserai rien ni personne se mettre entre nous. Après avoir été kidnappé, plus rien ne me fait peur. Tu n'as pas à changer de métier, je suis la preuve vivante que tu fais du bon boulot avec ton équipe. Les gens ont besoin de toi et je suis prêt à te partager, mais je dois établir une nouvelle règle.

C'est à mon tour de ne pas comprendre et de sourire.

— On n'est pas très doués pour respecter les règles que l'on met en place, je te signale.

Il rit et reprend :

— Appelons-la différemment, alors. Je suis prêt à te partager, mais à une seule condition.

— Laquelle ?

— Quand tu rentres, le soir, tu es exclusivement à moi.

Mon cœur se remplit d'amour et je rougis.

— Je le serai, promis.

— Dès que tu passes la porte de cet appartement, tu redeviens ma Mégane. D'ailleurs, tu attends quoi pour lâcher le tien ? J'ai de la place ici et je suis fou de toi. Notre vie de famille doit officiellement commencer.

Mes joues s'empourprent encore plus. Liam se penche pour m'embrasser délicatement.

— Je t'aime, soufflé-je.

Son regard s'illumine comme toutes les fois où je le lui dis.

— Je t'aime encore plus, Mégane Santiago.

L'AUTRICE

Magali Santos est franco-portugaise et vit dans le Loiret-Cher avec son mari, ses deux enfants et leur husky sibérien. Elle a un MBA en Tourisme et Management International. Grande lectrice et accro au café, elle puise son inspiration dans tout ce qui l'entoure.

Fascinée par les romans, l'écriture est rapidement devenue sa passion. Ainsi, dès son plus jeune âge, elle griffonne des histoires sur des bouts de feuille et des vieux cahiers. Puis, en 2014, elle décide de créer un blog, où elle postera des fanfictions. Face au succès grandissant de ses histoires, l'auteur a depuis janvier 2020 publié plusieurs romans, dans lesquels l'amour se fraie toujours un chemin.

Découvrez les romans des Éditions Rival

Provoque-moi
(romance contemporaine) de Gaëlle Bonnassieux

Tempête et sucre d'orge
Flocons de chocolat
(romances de Noël) de Magali Santos

Deux boss pour le prix d'un
(romance de Noël) de Mikki Summers

Comment saccager le mariage de son boss en 7 leçons
(comédie romantique) de Kenneth McAllow

Je brille pour toi
(romance science-fiction) de Amandine Peter

Sous le masque de Blanche
(romance historique) de Violaine Janneau

Je brûlerai ton armure
(romance science-fiction) de Lotte Sardane

Romance, mafia et gros calibre
(romance policière) de Magali Santos

Retrouvez-nous sur les
réseaux sociaux :

Instagram : @editionsrival
Facebook : Editions Rival
TikTok : @editionsrival

Rendez-vous sur www.explora-editions.com pour vous abonner à la newsletter et suivre nos événements, concours et prochaines sorties !

Si l'histoire vous a plu, pensez à laisser un commentaire en ligne !
(Pour ce faire, rendez-vous sur Amazon ou La Fnac, Babelio, Booknode, Livraddict, Goodreads, etc...)

Pourquoi ?
L'autrice souhaite vivre de sa plume et ce geste de soutien l'aidera à faire connaître le roman.

Merci, et à très vite.

www.ingramcontent.com/pod-product-compliance
Lightning Source LLC
LaVergne TN
LVHW041018150826
845672LV00001B/126

* 9 7 8 2 4 9 2 6 5 9 8 8 1 *